Indocile

HD Littérature © 2024
7, rue du Pré aux Clercs – 75007 Paris

Directrice éditoriale : Maureen Demidoff
Conception et réalisation couverture et maquette : Aline Marquet

Dépôt légal : octobre 2024
ISBN : 979-10-312-0626-4

Imprimé et broché en France par l'imprimerie Présence Graphique.

Marie Danielle Koechlin

Indocile

HD
Littérature

Créée en 2014, la maison d'édition les ateliers henry dougier comprend différentes collections dont HD Littérature, consacrée aux romans et nouvelles en tout genre, à nos coups de cœur.

Chaque titre de cette collection est également disponible en e-book.

Nathalie, Natacha, Natoulina. Le plus difficile, c'est le commencement.

Je t'imagine en train de m'écouter, tes yeux attentifs fixés sur moi, je te vois bouger la tête comme pour me dire « D'accord, c'est difficile de commencer. Alors, vas-y. » Eh bien non, ce n'est pas ça. Natalinka. C'est difficile parce que c'est au commencement que se situe la clé, ou plutôt le cadenas de toute l'histoire, je n'oserais affirmer de la tienne, mais de la mienne en tout cas. Je me sens gênée, tout d'un coup. Gênée ? Attends, plutôt hésitante, haletante, comme si, avant de plonger dans le récit de cette longue traversée (vingt-trois ans), il fallait que je patauge un moment, comme on le fait justement avant de se jeter à l'eau, lorsqu'on éclabousse un peu la surface avec ses doigts de pied, qu'on se gicle, qu'on s'asperge pour se préparer. Il faut que je me donne… du courage ?

Non. De l'énergie plutôt, que je rassemble tous mes courants de vie, que j'apprête ma peau, que j'alerte mes nerfs, que je branche tous les fils de ma mémoire, que j'allume tous mes engrammes, voilà : mes réacteurs commencent à chauffer, j'entends un avion qui passe et qui gronde longtemps là-bas dehors, comme un roulement de tonnerre, il pleut, je suis sur mon lit, Steve est allé préparer le dîner.

C'est que je ne vais pas écrire cette épopée comme j'écris d'habitude, à mon rythme, à mon heure. Non, je veux l'écrire d'une seule traite, comme si je partais en voyage avec toi. Et c'est peut-être de là que vient ma peur, car maintenant je dois le reconnaître, quand même : j'ai peur. De rater mon coup ? De TE rater, cette fois pour toujours ? Je suis un peu mélo là… C'est plutôt l'anxiété des grands voyages. Itinéraire. Initiation. Inhibition. Initions !

Bon. Alors. Je vais commencer comme un conte de fées. Sache, ô Natacha, sache qu'en ces temps lointains qui présidèrent à ta naissance, la fée Pilule n'avait pas encore fait son apparition dans le monde des humains. Ni le gnome Stérilet ni les petits lutins Éponges contraceptives. Les avorteuses étaient d'affreuses sorcières et seules existaient, pour endiguer la verve des spermatozoïdes, les tristes capotes anglaises et la fameuse méthode Ogino, génératrice de tant de beaux bébés. Dont ta mère. *Fatalitas, hereditas.*

Moi, en ces temps-là, j'avais exactement ton âge, vingt-trois ans, et j'habitais Paris chez ma vieille copine Sarah, ta marraine. Avec elle je partageais un logement minable, un régime pain et camembert plus quelques rares biftèques de cheval, beaucoup d'idéalisme et un désir pressant, urgent, presque douloureux de me réaliser, de m'accomplir, de devenir une artiste. Et aussi une névrose insidieuse, mais robuste qui me poussa, moi qui ne supportais pas ma famille, qui détestais le milieu bourgeois de la Haute Société Protestante, qui haïssais Lausanne et la Suisse, qui abhorrais le mariage où je voyais s'enliser mes sœurs et la plupart de mes amies, à tomber éperdument, synonyme de follement, amoureuse d'un homme qui non seulement était Suisse et habitait Lausanne, mais qui était issu de cette même classe sociale que j'exécrais et qui, promis à un brillant avenir professionnel, désirait s'établir et avoir de nombreux enfants. C'est quand même un peu gros, non ? Note, tout ça n'était pas aussi visiblement dessiné que lorsque je te le raconte maintenant. Pourtant, dès le début, Marc avait été clair : pour lui, pas question de venir s'installer à Paris. Pour moi, les choses étaient beaucoup plus confuses, je m'accrochais à ma résolution de ne pas lâcher. Quoi au juste ?

Je ne savais pas ce qui m'avait poussée à Paris, la musique ? Mais il m'assurait qu'à Lausanne je pourrais chanter tant que je le voudrais. Mes amis ? Je n'en avais pas ou si peu, quelques vagues copains. Sarah ? Le problème n'était pas là. Mais alors où était-il ? Je ne trouvais pas d'arguments, simplement le sentiment ne me quittait pas qu'il fallait que je renonce, que je renie. Que j'abandonne. Alors, il jouait sa meilleure carte : « OK, c'est qu'on n'est pas vraiment faits l'un pour l'autre, reste à Paris : on arrête là. Ç'aura été une belle histoire. » Et moi je sanglotais.

J'ai cédé. Tu sais, à l'époque, en 1959, le féminisme était loin d'avoir l'influence qu'il a eue par la suite et, s'il y avait des groupes de femmes, j'ignorais tout de leur existence. Beaucoup de mes amies s'étaient mariées et m'encourageaient à faire comme elles, ma famille m'assurait que j'étais en train de gâcher ma vie. Même Sarah avait une vision totalement romantique de l'amour et du mariage.

Il faut dire aussi que le fait d'être amoureuse me plongeait dans un état d'angoisse permanente. Je ne vivais qu'en fonction des moments passés avec Marc. Aujourd'hui, si je lève les yeux de ma feuille de papier, je lis sur mes rayonnages les titres d'une série de bouquins : *Du côté des petites filles*, *La femme eunuque*,

Les stances à Sophie, Le complexe de Cendrillon, Toilettes pour femmes… Tous abordent cette question, mais je n'avais rien lu de semblable.

Tu vois, c'était comme si j'avais été menacée. Tout le temps. Une question de vie ou de mort. Dix ans plus tard, quand j'ai aimé Gérôme, je suis retombée dans le même état. En pire. Mais je t'en parlerai plus loin.

Je nous revois dans un bistrot quelque part près de Neuchâtel, ce devait être un dimanche, la salle était vide et sonore sous son éclairage aux néons, quelques hommes au bar et un couple d'adolescents en face de nous. Je les observais parce qu'ils avaient l'air très amoureux. On parlait d'amour nous aussi. Je luttais entre des courants contraires, essayant de sauver ma fragile barque, « J'aimerais m'accomplir, tu comprends. Je t'aime, si tu savais comme je t'aime » et lui : « Oui on s'aime, il n'y a pas de problème » et moi « Oui, mais, Paris ! Paris… » Je savais déjà que j'allais perdre, me laisser emporter, subjuguer, dériver, noyer, qu'importe, je serais avec lui. Lui, lui, lui… ma vie, mon souffle. Alors j'ai dit : « Promets-moi que je n'aurai pas d'enfants. Ou dans très, très longtemps… »
Dernier sursaut, spasme vite submergé par la vague délicieuse, tiède et calmante de sa voix « Comment peux-tu savoir ce qui se passera demain, tu peux

changer, les femmes changent tu sais, il y a des appels profonds. Je refuse de promettre une chose pareille. » Et sa main qui caresse mes cheveux…

Marc, lui, voulait se marier. Il ne le disait pas, il s'en cachait même en bon descendant de diplomates, mais je le savais bien. Il m'avait parlé de la fille qu'il aimerait avoir. Elle s'appellerait Nathalie en l'honneur de son arrière-grand-mère, une femme héroïque, légendaire dans sa famille qu'elle avait défendue contre les soldats de Napoléon et dont on se remémorait les exploits dans les archives familiales.

Notre amour avait débuté en novembre. En février, j'étais au bord de la dépression. Je ne faisais pratiquement plus rien, je manquais mes cours de chant, je n'allais plus à mon travail – je triais la correspondance d'un vieil Américain excentrique. J'osais à peine sortir de ma chambre glaciale tellement j'avais peur. De quoi ? De tout, des rues, du métro, des longs couloirs, et surtout des maniaques, des satyres qui assurément me guettaient, tapis dans l'ombre de chaque palier des six étages en colimaçon qu'il me fallait gravir pour rentrer chez moi.

On s'est mariés en avril. Nous ne voulions ni cadeaux, ni réception, ni église, ni surtout de robe blanche.

Grand-Maman se désolait, Mamoushka pleurait, Grand-Papa se fâchait, alors on a tout eu. Mais quand même, on a réussi à ne pas partir en voyage de noces et je me suis immédiatement inscrite au Conservatoire.

Je me souviens distinctement du moment et du lieu où nous t'avons conçue. C'était place de la Palud, nous étions mariés depuis huit mois et je rentrais d'un voyage à Paris où j'étais allée voir Sarah et prendre quelques jours de vacances conjugales. J'avais couru les concerts, les musées, les théâtres et j'avais retrouvé le goût de mon indépendance. Je savais que Marc était un peu jaloux de mon escapade, mais je m'en fichais. À mon retour, je l'ai trouvé malade, fiévreux et convaincu que je l'avais trompé. Je me suis sentie très coupable bien que je n'eusse rien à me reprocher. J'avais honte de l'avoir abandonné, d'avoir osé jouir sans lui de tant de bonnes choses ; et puis, aussi, d'avoir pris plaisir à me laisser admirer, draguer, j'avais même vaguement flirté. Alors, comme pour exorciser cette fièvre, pour chasser ces mauvais sentiments, on a fait l'amour, plusieurs fois, pour se retrouver. Et du coup je me suis emmêlée dans les dates de mon calendrier Ogino.

Nathalie, puisqu'aujourd'hui je te dis tout, au moins tout ce dont j'arrive à être consciente, sache que j'ai longtemps, très longtemps pensé – c'est étonnant – que je ne t'avais pas voulue, que je ne t'avais pas choisie. Or en ce moment même, en écrivant ces lignes et le mot « lapsus » que j'allais accoler à mon erreur de date, juste maintenant, je réalise à quel point, en réalité, je t'ai voulue. À quel point je t'ai choisie, toi qui m'as guidée hors de la névrose qui me contraignait à te rejeter. Je suis émue, je sens ma gorge qui se noue et mon ventre qui se contracte. Laisse-moi pleurer un moment.

Bon, reprenons le récit, janvier 1962. Nous passions quelques jours aux Mimosas, Marc et moi, quand je me suis rendu compte que j'étais enceinte. Nous logions dans la chambre bleue, celle qui donne sur le verger. Je me revois dans mon lit, le matin, fixant la tapisserie, je ne voulais plus me lever. Je contemple la tapisserie, pendant des heures, je regarde ces rayures verticales, blanches et grises, tellement classiques, je suis atterrée, par la fenêtre je vois le Mont-Pèlerin couvert de neige, il fait un clair petit soleil d'hiver, je suis catastrophée. Marc est parti à son travail et moi je reste là, inerte, à tripoter le couvre-lit qui a ce joli bleu lavande. Je ressasse mon désespoir. Je veux mourir.

Natacha. Avant-hier, j'ai fait un drôle de rêve. J'étais enlacée avec quelqu'un que j'aimais, au début c'était Steve, mais assez vite c'est devenu ma mère. J'étais nue, blanche, informe comme une larve. Maman était blanche aussi, grande, molle et lovée autour de moi. On jouait à se mordre. Je lui mordillais l'épaule, gentiment, et elle me mordait le cou. Et puis tout à coup, horreur : je me rends compte qu'elle est en train de me dévorer pour de vrai.

Je ne voulais dire à personne que j'étais enceinte, surtout pas aux familles, parce que j'espérais pouvoir me faire avorter. Arrêter là ce cauchemar. Au Conservatoire j'avais une copine danoise, mariée elle aussi, qui m'a parlé de son médecin. Il comprendrait disait-elle, il avait la réputation de « le faire » – on n'utilisait pas le mot avortement, trop compromettant.

Je suis allée chez ce docteur, je lui ai raconté que j'avais trompé mon mari avec un Noir et il m'a ri au nez. Alors j'ai vomi, j'ai pleuré dans son cabinet, j'avais honte. Je suis rentrée à la maison et j'ai vomi tout le long du chemin.

Marc n'approuvait pas ma démarche qui le confortait dans l'idée que je l'avais trompé. Devant mon angoisse, il m'a juré que je pourrais continuer le Conservatoire, que rien ne changerait, qu'on prendrait une jeune fille au pair, qu'il s'occuperait du bébé, que tout irait bien.
Nous avons annoncé la nouvelle autour de nous et l'on nous félicitait. Je me suis acclimatée. En devenant grosse, je devenais intéressante. Mes angoisses ont disparu. J'étais importante, je ne pensais plus à rien. On prenait soin de moi. C'était moi le bébé. Je me faisais des robes, des baby dolls, je me souviens particulièrement d'une espèce de barboteuse en coton rose que je mettais tout le temps. Mais Nathalie, aujourd'hui ça me paraît énorme, car pour le bébé, rien, aucun habit. Je ne voulais pas en entendre parler. Ni langes ni poussette. Rien. Laissez-moi jouir de ma place, du soleil, je dors, je paresse, j'attends. Souriante, indifférente, paisible comme une vache. Marc m'appelait Junon[1] : je devais l'agacer.

1. Junon est une des plus importantes divinités de la religion romaine.

Heureusement pour toi, il y avait Grand-Maman. Elle s'est occupée de tout, du berceau, de la layette, de la chambre où l'on te mettrait.

Aujourd'hui je pense que ce grand calme, cette indifférence même, a dû t'être bénéfique. Les jeunes femmes enceintes sont souvent pleines d'inquiétudes, de questions, d'agitation, elles sont impatientes d'accoucher et remplies d'anxiété devant l'événement. Chez moi rien de tout ça. Je laissais faire. Et peut-être as-tu apprécié.

De ta naissance, je garde un bon souvenir. Nous avons bien coopéré toutes les deux, malgré l'imbécillité paternaliste de mon gynécologue qui flirtait sans vergogne avec ma mère pendant que je me dilatais et que tu t'acheminais vers le jour. C'était long, difficile, douloureux, mais je n'avais aucune appréhension, je savais ce que j'avais à faire. J'aimais cette lutte

Tu es venue au monde à un moment d'extrême déshumanisation du traitement des bébés. À peine sorti, le nouveau-né était l'objet de toute une série d'actes médicaux et hygiéniques. Puis il était langé, habillé, étiqueté et rangé dans un des casiers-lits de la pouponnière.

Marc avait quand même obtenu qu'on t'apporte un moment dans ma chambre pour que nous puissions faire ta connaissance. Il a enlevé tes petits gants et a longuement examiné tes mains, joué avec tes doigts minuscules, sans oser toutefois te déshabiller plus avant. J'étais contente qu'il te regarde, qu'il t'apprécie, qu'il t'accueille. Je vous contemplais tous les deux et je me sentais bien, comme une sportive satisfaite d'avoir mené jusqu'au bout une tâche imposée. Je me laissais envahir par un sentiment de douceur, une espèce de joie incertaine.

Je me disais : « Peut-être que c'est bien comme ça, après tout, peut-être que je réussirai à vivre cette situation sans devoir être une mère. »
Parce que c'était ça le problème. La réalité à laquelle il me fallait faire face : j'étais devenue une mère. Irréversiblement. Tout mon corps, tout mon être défendant, j'allais devoir entrer dans ce rôle qui me soulevait le cœur, endosser cette peau hideuse de mère. Possessive, dévorante, sorcière malfaisante. Pélican[2], toutes entrailles dehors, grouillantes de petits vers qu'elle nourrit de sa sollicitude. Envahie, possédée, dévorée par d'insatiables larves, j'allais devoir me sacrifier à

2. L'auteure fait ici référence à une fable qu'elle entendait enfant qui mêlait la symbolique chrétienne à celle du pélican nourricier.

mes enfants, leur consacrer toute mon énergie, abandonner pour eux toutes mes ambitions, toutes mes aspirations.

Une mère, que c'est beau, que c'est grand.

Abnégation. Renoncement. Ô miel, ô sucre ! Ô amour maternel. Imposture qui se gonfle comme une cloque. Lymphe énorme, obèse, elle se gorge de toutes mes bouffissures. Une mère, sa poussée molle s'implante dans mes canaux, abolit mes vaisseaux, vautrée, ventre dans mon ventre, à rebours d'un enfantement, elle féconde mes vertiges. Ô l'Amoûr, ô la quintessence, le sublimé de toutes aspirations amoureuses. Le Hâmour, le Miam-miammour. « Ma mère c'est une sainte. » Horreur ! Comment faire place à cette monstruosité, à cette enflure ? Comment ne pas me laisser dévorer ? Comment intégrer cette imposture, lui faire place en moi ? En moi qui n'existe même pas. Non ! Je ne suis pas celle-là, je ne suis pas une mère. Je ne sais pas qui je suis, mais une maman : jamais.

Le plus dur, c'était quand une infirmière t'apportait pour la tétée. J'avais tout le lait qu'il fallait, mais moi, j'étais froide. Braquée, crispée, frigide en amour maternel. Je me souviens exactement de mon sentiment quand elle te déposait sur mon oreiller, à côté

de mon visage. Je t'examinais et je me disais… Écoute bien, Nathalie… « Je ne sais pas qui c'est. Il paraît que c'est ma fille. Moi je n'en sais rien. » C'est une phrase que je me répétais pour l'apprendre par cœur.
Et je guettais en moi des signes de tendresse ou d'émotion. N'en percevant aucun, je concluais dans un détachement clinique : « Je ne l'aime pas. » Et quand tu me tétais, je m'efforçais de ne rien ressentir, de ne pas me laisser gagner par un plaisir tout proche, réprimant de mon mieux les spasmes que je sentais poindre.

Les trois premiers mois ont été les plus difficiles, comme pour la grossesse. Nous étions installés aux Mimosas et j'ai délégué mon rôle de mère à Grand-Maman, que ma démission laissait libre de te choyer à son aise, de t'exprimer tout l'amour maternel dont elle débordait. Ça me rassurait : je ne t'en voulais pas, j'avais seulement peur de toi, peur que tu m'envahisses, peur que tu m'obliges à te faire de la place. Peur qu'il n'y ait plus de place pour moi.

Aux Mimosas, il y avait aussi Giovanna, la bonne, qui saisissait le moindre prétexte pour te prendre dans ses bras, te faire mille risettes et chatteries, te bercer, te *cullare* à la façon des Italiennes en te secouant contre sa poitrine tout en marchant de long en large avec un air d'intense satisfaction. Et là aussi, à vous regarder, elle jubilante et toi aux anges, je me sentais soulagée.

Bien que consciente de mes sentiments et de mon attitude négative, je n'en parlais jamais à personne, pas même à Marc. Il devait bien les percevoir, mais il préférait faire semblant de rien. Pour tout le monde, j'étais une mère souriante et comblée.

Nous étions rentrés chez nous depuis environ deux semaines, quand le pédiatre est passé pour une visite de routine. Dès qu'il t'a vue, il s'est alarmé : il te trouvait beaucoup trop pâle et il craignait une malformation glandulaire. Il m'a posé toutes sortes de questions et, entre autres, si je te promenais régulièrement. Coup de tonnerre : je ne l'avais jamais fait, cela ne m'était pas venu à l'idée. Je te changeais et je te mettais à dormir dans un espace assez sombre que nous avions aménagé entre la salle de bain et notre chambre à coucher. Quand il a appris que tu ne voyais presque pas la lumière du jour, il m'a sévèrement réprimandée en m'expliquant que je devais absolument te faire prendre l'air au moins une fois par jour, puis il m'a ordonné une lotion dont je devrais te frictionner pour activer ta circulation.

À la suite de cet incident, je me suis sentie horriblement coupable, non seulement d'une négligence que je jugeais criminelle, mais parce que se trouvaient soudain révélées en pleine lumière des pulsions que j'essayais de refouler et qui m'avaient poussée à réduire ton existence en t'accordant le moins de place et le moins de temps possible.

Aussitôt je me mis en devoir de m'occuper de toi, je t'ai emmenée faire des promenades et consciencieusement, trois fois par jour, je massais tes petites jambes avec la lotion prescrite. C'est de cette époque, Natacha, que date la toute première, la toute petite percée dans la carapace que je m'étais construite.

C'était un dimanche, j'étais seule à la maison. Il avait plu toute la matinée et, vers onze heures, Marc avait décidé de se rendre à pied aux Mimosas où ses parents nous attendaient pour le traditionnel déjeuner familial. Je t'avais installée dans notre chambre, près de la baie vitrée pour que tu profites de la lumière. Quand je suis allée te reprendre pour te changer, la pluie avait cessé et un rayon de soleil tombait juste sur ton berceau. Et c'est en te voyant là, réveillée, souriante dans ta petite brassière rose… Je ne sais pas ce qui m'a émue, tu avais l'air si heureuse de vivre, toute rose toi aussi, chauffée par ce rayon inattendu, je regardais tes petits bras tout potelés, tout tendres et colorés dans la lumière. Je te voyais si pleine de confiance, si présente, si joyeuse, j'ai senti poindre quelque chose en moi, comme une poussée timide, comme une vaguelette d'amour, pour la première fois, tu ne m'étais plus étrangère. Pour la première fois, je pouvais me laisser attendrir par toi, et je me suis dit : « Elle m'a conquise. Bien sûr je ne l'aime pas. Mais elle m'a conquise. »

Après ça, de nouveau, je me suis acclimatée. Mais, je ne me comportais pas de façon très différente de la plupart des mères que je connaissais. Nous avions engagé une jeune Suisse allemande qui s'occupait de toi, et je découvrais les avantages liés à ma position de mère : si je ne savais toujours pas qui j'étais, du moins avais-je acquis un statut social qui m'attirait estime, égards et considération. Ce rôle de mère ne m'apparaissait plus comme une monstrueuse chausse-trappe, mais comme une fonction plutôt valorisante, génératrice de nombreuses gratifications. L'adaptation m'avait modelée.

Je viens de relire ces premières pages et tout d'un coup, Natacha, je ressens comme une crainte, une sorte de honte : « Vais-je oser lui montrer tout ça ? N'est-ce pas trop dur pour elle d'apprendre que sa mère ne l'aimait pas ? » J'appréhende tes réactions comme si, en te racontant le passé, c'était à nouveau du non-amour que je déversais sur toi. Mais, en y réfléchissant, ces doutes me paraissent louches. Comme le genre de pudeur superstitieuse qui fait éviter de nommer le cancer, ou le suicide ; comme si en esquivant le mal, en l'occultant ou en l'ignorant on pouvait l'abolir ou tout au moins le conjurer. Quand tu étais petite, je te cachais beaucoup de choses, par culpabilité, par impuissance, par désir d'échapper à mon rôle de mère, et je pense qu'une partie du tort que je t'ai causé est dû à ce flou dans lequel je te laissais.

Mais aujourd'hui, je n'ai plus rien à te cacher. J'ai fini – presque – d'évacuer la culpabilité qui pendant des années m'a empoisonnée en ne t'apportant, à toi, que ses effluves délétères.

Un an après ta naissance, nous avons quitté notre studio de jeunes mariés pour emménager dans le grand appartement que tu connais, avenue d'Ouchy. Et là, pendant sept ans, tu as mené la vie typique d'une fillette occidentale dont les parents appartiennent à la classe aisée. Tôt le matin, ils partent à leur travail, moi c'était au Conservatoire puis au Studio-Voix près du Tunnel. Ils rentrent à la maison vers sept heures du soir et passent alors, en moyenne, une heure par jour avec leurs enfants qui ont été baignés et vêtus pour la nuit par la jeune fille au pair. C'est elle également qui les a levés, lavés, nourris, promenés, qui s'est intéressée à leurs jeux, qui les a menés à l'école puis accueillis avec un goûter, qui les a aidés à faire leurs devoirs, qui connaît bien leurs copines, leurs animaux et leurs jeux favoris, qui discute avec eux et les aide à ranger leurs chambres avant que n'arrivent les parents-patrons pour qui tout doit être impeccable afin que, fatigués, soucieux, lourds de leurs responsabilités professionnelles, ils n'aient que le plaisir d'agréablement deviser avec leur descendance qui les accueille avec une affection et un enthousiasme que viennent hélas, parfois, troubler quelques chamailleries, quelques pleurs, quelques revendications grognonnes ou quelques bouderies, quand ce ne sont pas des attaques à petites mains armées de pistolets, mitraillettes ou autres missiles aux messages jamais reçus, invariablement détournés.

J'étais devenue une mère comme tant d'autres, ni meilleure ni pire, et je sais aujourd'hui qu'elles sont nombreuses à porter en elles, bien enfoui, bien emmailloté dans un tricot serré de remords et d'hypocrisie, le poids d'un non-désir, la frustration de n'avoir pas eu le choix, ni le temps, ni le droit de se préparer à devenir mère. La colère d'avoir dû subir cette violence et le désespoir de se soupçonner marâtre. Enfin, surtout la culpabilité qui ne cesse de s'accumuler, alimentée quotidiennement par tous les agacements, les envies de punir, de châtier, les mesquineries, les méchancetés, par tous ces sentiments dont elles voient bien pourtant qu'ils sont sans rapports réels avec le petit être sur lequel ils retombent.

Pendant sept ans, Nathalie, je t'ai côtoyée, je t'ai fréquentée, sans jamais prendre le temps de vraiment vivre avec toi. Je ne t'ai jamais… là je dramatise un peu, disons : je t'ai rarement laissée pénétrer dans ma vie. Et toujours, cette impression de soulagement, de reconnaissance lorsque d'autres t'apportaient ce que je me sentais incapable de te donner, quand par exemple Tante Lulu ou Sarah ou ton parrain Simon passaient du temps avec toi et que j'entendais vos éclats de rire, que je voyais votre complicité et le plaisir qu'ils avaient à échanger avec toi. Comme si je n'avais pu profiter de ta présence que par personne interposée.

Tant que Marc a vécu avec nous, je me suis efforcée d'être une mère sévère, mais juste. Étais-je si sévère ? Autoritaire en tout cas, mais gaie. Impérative, mais affectueuse, à la russe comme ma mère. Pendant ces huit premières années de ta vie, je n'ai jamais eu le moindre doute sur la façon dont il fallait t'élever. Pour moi l'éducation, c'était facile : je reproduisais, telle quelle, celle que j'avais reçue – aujourd'hui je dirais « subie ». Je n'éprouvais pas le besoin de fréquenter d'autres parents et, lorsque cela m'arrivait, je fuyais ce que j'appelais les conversations de pouponnière. Mes principes étaient clairs et nets : une fille devait être obéissante, pousser droit, se coucher tôt, faire de temps en temps une bêtise bien sûr, mais être punie en conséquence. Obéir. Manger de tout. Apprendre à bien se tenir à table. Ne pas être insolente. Être disciplinée. Jouer, s'amuser et rire, c'est de son âge, mais dans les limites du confort de ses parents. Obéir à ses parents. Obéir sans délai, sans réplique, immédiatement, obéir.

Tout bien considéré, heureusement que je ne me suis pas trop occupée de toi, car les jeunes filles au pair t'ont certainement montré beaucoup plus de patience, d'indulgence et de respect que ce dont j'étais capable. Je n'arrivais pas à tolérer ton insolence qui était sans doute une façon d'obtenir mon attention.

À l'époque, je disais de toi que tu étais difficile, insupportable, parce que tu ne ratais pas une occasion de te rebiffer contre moi et qu'à chaque fois, je me sentais menacée de lèse-majesté, oui carrément, malgré ta petitesse, à chaque fois, c'était une insulte à ma puissance, un coup de boutoir dans ma forteresse et je te le retournais aussitôt sous forme de gifle, de fessée ou de punition. Ton insolence, c'est-à-dire ta vitalité, ranimait ma peur initiale d'être dévorée par toi. C'était ton droit de vivre contre le mien. Il faut dire que tu étais une sacrée nature. Exigeante, rigolarde, bonne vivante, tu remplissais l'espace de ton énergie, de ta truculence. Mon père t'appelait la petite Pantagruline et sans cesse on me vantait ta vivacité, ton appétit, ta curiosité, ton sens de l'observation. Tu adorais la plaisanterie. Tu remarquais tout ce qui se passait et tu imitais les gens, leurs gestes, leurs tics, leurs façons de parler. Quand tu découvrais une nouvelle expression, un mot savant ou une tournure de phrase qui te paraissait sophistiquée, tu l'adoptais aussitôt et tu l'essayais à tout bout de champ, en particulier dans les conversations que tu aimais tenir avec les adultes que ton humour et ta faconde enchantaient. Lorsque tu as compris que tu ne pourrais pas être reine de Suisse, tu as d'abord proposé d'être impératrice, puis tu t'es résignée à devenir présidente de la Confédération.

Mais moi je te trouvais fatigante, capricieuse, trop intellectuelle. Trop vaniteuse aussi, et trop gourmande. Je me faisais du souci pour ta ligne. Et puis tu étais trop violente pour une petite fille. Il est vrai que tu étais bagarreuse, mais extrêmement sociable, et du coup je craignais que tu ne sois trop superficielle. À l'école, tu avais beaucoup de facilité ce que j'appréciais (ça me simplifiait la vie) tout en regrettant que tu ne sois pas plus rebelle, ou plus fantasque : je ne voulais surtout pas que tu deviennes première de la classe. S'il m'arrivait souvent de me laisser séduire par ta personnalité et de me sentir fière de ton côté brillant, de ton charme, de tes talents qui me flattaient, je conservais pourtant une grande réserve à ton égard, comme s'il ne m'était possible de préserver mon identité qu'en t'interdisant l'accès à mon cœur.

Quand j'étais trop nerveuse, irritable ou injuste, Marc m'écartait en me disant : « Laisse-moi faire » et je lui cédais la place avec soulagement, persuadée que des deux parents, il était le meilleur. Le fait est qu'il s'intéressait beaucoup plus que moi au développement de sa fille et qu'il aimait passer son temps libre avec toi. Il s'amusait à éveiller ta curiosité intellectuelle et à discuter, même lorsque tu étais toute petite, des sujets qui le passionnaient, d'histoire, de philosophie et même d'économie.

Moi, l'unique chose qui m'amusait c'était de te raconter des histoires. Dans mon enfance, les seuls moments de complicité avec ma mère étaient ceux où elle m'inventait des contes de fées. Or, j'ai découvert récemment, en lisant ses souvenirs, que le partage de ce plaisir remonte à bien plus loin et que sa propre mère, Babouchka, la faisait asseoir à côté d'elle, sur une petite chaise capitonnée de velours mauve, pour lui raconter des histoires…
En somme, j'arrivais à assumer mes fonctions de mère dans la mesure où je déléguais la pédagogie à Marc, l'amour maternel à Grand-Maman et les soins quotidiens aux jeunes filles au pair.

Les choses ont commencé à bouger à partir du moment où nous nous sommes séparés, Marc et moi. D'autres personnes sont venues habiter à la maison et j'ai été obligée de changer. Par la suite je me suis souvent dit que, si j'étais restée mariée, je serais morte dans la quarantaine, rongée par un cancer.

Nous venions de passer dix ans, Marc et moi, sans le moindre conflit, sans le moindre orage. Dix ans, c'est à peine croyable. Tout ce temps, sans relâche et avec succès, à éviter les disputes. Au fur et à mesure de notre vie commune, nous découvrions nos divergences, nos incompatibilités et, tant bien que mal, nous nous appliquions à les gommer, à passer outre sans jamais nous permettre le moindre éclat. Lorsqu'un désaccord surgissait, il suffisait que l'un de nous deux s'échauffe un tant soit peu pour qu'aussitôt Marc sorte de la pièce en annonçant qu'il allait faire le tour de l'immeuble. J'admirais son attitude et je faisais de gros efforts pour me dominer moi aussi. Nous étions comme des fourmis aux prises avec un corps étranger tombé dans leur nid : dès qu'un conflit surgissait, vite on s'employait à l'étouffer, à le réduire, à l'annihiler, puis on colmatait, on jointoyait, on refaisait tout beau, tout lisse.

Mais après dix ans de ce parcours, l'autoroute conjugale nous amenait dans un no man's land. À force d'éviter tout affrontement, nous avions dû limiter terriblement notre terrain d'entente, quitte à nous étouffer mutuellement. On a commencé à parler de séparation. Comme d'une plaisanterie d'abord, un projet auquel on ne croyait pas vraiment, mais auquel on revenait sans cesse, en blaguant. Depuis quelques mois, je m'étais liée d'amitié avec une jeune femme que j'avais rencontrée au Conservatoire. Elle était comédienne, féministe et gauchiste : tu as reconnu Irène.

À son contact, peu à peu, je découvrais certaines idées, j'entrevoyais de nouveaux aspects de la réalité : moi seule suis responsable de moi-même, moi seule suis chargée de ma destinée. Je me souviens avec précision du moment où j'ai réalisé que mon corps n'appartenait qu'à moi, que c'était à moi d'en disposer et non à mon mari. J'étais au volant, immobilisée dans un embouteillage en allant chercher Marc à son bureau. Je vois l'endroit exact, avenue de l'Université, je regardais distraitement les puciers du marché de la Riponne, ce devait être un mercredi. Un orage menaçait et ils remballaient leurs marchandises. Il y avait une espèce de costaud, tatoué, avec des allures de vieux Viking, il allait et venait en se dandinant légèrement, comme un ours, et tout d'un coup j'ai ressenti comme une détonation silencieuse, une pensée qui me traversait en un éclair : « Je ne serai pas toute ma vie la femme d'un seul homme. » C'était une révélation, même si, aujourd'hui, sa banalité m'amuse. Comme si un rideau se dissolvait, dévoilant un espace lumineux dans lequel je ne distinguais aucune forme, mais dont la lumière blanche m'attirait et où je devinais qu'un jour, tôt ou tard, il faudrait que je m'engage.

Et en effet, peu après, les événements se sont précipités. Sache, Natalina, qu'à cette époque, les conseillers conjugaux n'existaient pas. Or j'étais loin d'être assez claire ni assez sûre de mes convictions toutes neuves pour négocier une autre définition de ma relation de couple. Il me fallait passer à l'acte : si l'occasion se présente, je tromperai mon mari. Et elle ne tarda pas, l'occasion, sous les traits d'un beau Napolitain. Marc s'en douta immédiatement et ce fut le début de la rupture.

Quatre mois de bourrasque et de tempête. Nous pleurions tous les deux, nous nous acharnions l'un contre l'autre, nous passions des nuits entières à discuter, à nous frapper, à sangloter, à nous entre-déchirer comme dans les romans d'amour. Tout ça en prenant une peine inouïe pour que tu ne te doutes de rien.

Vu d'aujourd'hui c'est incroyable : ouragan la nuit et beau fixe la journée, tant nous redoutions ta réaction et surtout celle de nos familles.

Cependant cette bataille nous unissait dans notre volonté de nous séparer. Nous voulions lutter contre l'assaut submergeant des stéréotypes et refusions de nous laisser asphyxier par les idées reçues. Nous avions découvert la vanité de l'équation proférant que mariage égale bonheur et nous étions déterminés à ce que rupture n'égale pas malheur. Mais il ne nous venait pas à l'idée de te consulter. Avec toi, nous nous contentions de jouer le jeu des bons parents : on se montrait de bonne humeur, on t'emmenait en promenade. Nous nous sommes beaucoup promenés ce printemps-là.

À la fin de l'été, Marc s'était trouvé un appartement avenue de Rumine et, tu dois t'en souvenir, nous allions trois fois par semaine prendre un repas chez lui.

C'est peu après que j'ai rencontré Gérôme, comédien connu et séduisant, mais lui-même marié et peu disponible. Je suis tombée dans un état d'amour et de manque si ravageurs que les difficultés qu'éprouvait Marc à supporter sa nouvelle solitude me laissaient totalement indifférente. J'étais si malheureuse qu'il n'y avait place en moi pour aucune sympathie. Plongée dans ma propre névrose, les problèmes des autres passaient bien loin au-dessus de ma tête. J'arrivais tout juste à garder un peu d'attention libre pour assurer notre vie quotidienne.

Irène, qui était elle-même en pleines difficultés existentielles et sentimentales, vint s'installer chez nous. Comme je n'avais pas de chambre d'amis, elle dormait avec moi dans le grand lit conjugal. En un certain sens, platonique il est vrai, je m'empressais de former un nouveau couple.

Natoushka, c'est bizarre que j'éprouve tant de difficulté à écrire cette histoire… Pourtant, lorsque j'en imaginais le plan, je croyais qu'elle coulerait de source. Est-ce parce que j'essaie d'être vraiment honnête et de comprendre ce qui s'est passé en moi à une époque où je ne cherchais pas à le savoir ? Une broussaille a poussé, épaisse, touffue, comme les ronces autour du château de la Belle au bois dormant, et il me faut la défricher, la déchiffrer. Par moments, j'ai la sensation de faire un travail d'archéologue, d'assembler des fragments de terre cuite dont je sais qu'ils appartiennent à la même époque, mais dont je ne suis pas sûre qu'ils font partie du même vase. Je crains de n'avoir pas trouvé le ton juste, de trop m'appliquer à composer mes phrases, pour assembler mes mots, oui, assembler justement, comme des fragments de poterie. Je pourrais intituler ce récit « Une traversée archéologique », car je peine à extirper chaque bribe de phrase d'une accumulation de calcaire, de crasse, de toute une gangue de matière déposée au cours des années et durcie, cristallisée par mon inconscience.

Irène avait entrepris une psychanalyse. Intellectuellement et politiquement plus évoluée que moi, elle prenait à cœur ton éducation et je lui dois d'avoir commencé à remettre en question ma façon de considérer ma fille. Petit à petit, j'admettais l'idée qu'il pouvait y avoir un problème de pouvoir entre mineurs et adultes. Que si les uns, en l'occurrence l'une était capable de déranger les autres, de les enquiquiner parfois copieusement et de leur causer toutes sortes de soucis et de problèmes, seules ces autres, les « grandes » personnes, détenaient le pouvoir, la possibilité matérielle et légale d'opprimer les petites.

De ce fait, je comprenais la nature du lien qui, tout au long de mon enfance, m'avait unie aux domestiques employés chez mes parents ou chez mes grands-parents : je me sentais plus à l'aise à la cuisine qu'au salon, j'éprouvais plus de complicité, et surtout souvent plus d'affection pour les serviteurs que pour leurs maîtres. Par une solidarité de caste je m'identifiais à ceux qui, comme moi, devaient obéir aux ordres venus d'en haut, ceux qui, comme moi, n'avaient de liberté que celle de maugréer et de s'exécuter à contrecœur. Dans mon couple, j'avais pris l'habitude de considérer Marc comme plus intelligent que moi, son intérêt pour les affaires, l'économie ou la politique me servait de prétexte à éviter de m'occuper de ces réalités. En le trompant, j'avais marqué le début d'une lente conquête de mon indépendance. Dès lors je travaillais pour compléter la pension qu'il me versait et j'organisais ma vie exactement comme je le voulais, c'était grisant. En me liant au monde du théâtre, grâce à Irène, à Sarah, et à mon amour pour Gérôme, je commençais à acquérir une certaine liberté de pensée, à m'ouvrir au flot d'idées révolutionnaires qui bouillonnaient en ces années soixante-huitardes et dont je m'étais jusqu'alors si prudemment tenue à l'écart.

J'avais connu Gérôme par l'entremise de Sarah qui, comme lui, faisait partie du Théâtre du Soleil. On était en janvier, en ce premier hiver de ma nouvelle vie, quand fut créé *1789*. Dès la première représentation, le spectacle m'avait bouleversée. Par la suite, chaque fois que je le revoyais, c'était comme si, à travers mon émotion, je pouvais m'ouvrir à une compréhension de la réalité, à une conscience politique à laquelle jamais aucun discours ni aucune théorie ne m'avaient permis d'accéder. Je vivais une catharsis induite sans doute par le thème révolutionnaire qui résonnait fortement en moi – n'étais-je pas occupée, justement, à renverser l'ancien régime ?

Un autre facteur qui eut beaucoup d'influence sur moi et sur mes rapports avec toi, Nathalie, c'est le contact avec Sarah lors de la réalisation de notre film *Lancelot*. L'idée était de Sarah. Elle venait de quitter le Théâtre du Soleil et elle m'a embarquée dans un projet de création collective pour lequel nous avons obtenu une bourse.

Au début, je ne voulais pas m'engager dans cette aventure. Je ne voyais pas comment la mener de front avec ma musique. J'avais peur de me faire dévorer (dévorer, tiens tiens...) de ne pas savoir préserver mon identité dans une création commune. Pourtant l'aventure me fascinait et je me laissai convaincre par Sarah. Le fait que vous étiez, toi et ses fils, les vedettes d'un film fondé sur des histoires inventées par vous, me poussait à m'intéresser davantage à toi. Cependant nous profitions aussi de vos scénarios pour parler de nous-mêmes et de nos relations de mères à enfants. Certes nous vous utilisions, nous vous pressions comme des citrons en ne tenant compte de vos avis que dans la mesure où ils cadraient avec ce que nous recherchions ; autrement dit, nous vous manipulions. Mais comme, tout de même, au fur et à mesure que le film avançait, et grâce en partie à tes insolences, nous nous en sommes aperçus, c'est tout ce rapport-là que nous avons essayé de faire passer. Peut-être avons-nous réussi ?

Ce film a provoqué beaucoup de changements dans mon existence : pour la première fois, je gagnais ma vie avec mon art, j'associais ma vie d'artiste à ma vie de mère ainsi qu'à ma vie sentimentale, car j'avais rompu avec Gérôme et vivais avec Sarah une relation passionnée, bien que platonique. Voyant le bénéfice psychique que Sarah retirait d'une psychanalyse, je m'étais décidée à explorer moi aussi les tréfonds de mon inconscient et j'avais commencé une analyse freudienne, quatre séances par semaine qui me pompaient presque tout ce que je gagnais, mais je m'en fichais. Enfin surtout, ce qui m'a aidée à changer, c'est le regard que Sarah portait sur toi. Elle avait toujours eu de grandes affinités avec toi, elle appréciait ta forte nature et peu à peu, à travers son regard, j'apprenais à te voir. Je suis émue de le comprendre.

Le deuxième été du tournage, nous nous sommes retrouvés tous ensemble pour tourner les séquences qui nous manquaient et Grand-Maman nous a rejoints au bord de la mer. C'est là-bas qu'un jour Sarah m'a fait remarquer comment, chaque fois qu'il était question de toi, j'abdiquais et me pliais à la volonté de ma belle-mère. C'était le matin, nous achevions le petit déjeuner et nous établissions le programme de la journée quand, subitement, Grand-Maman a décidé de t'emmener à Nice faire du shopping avec elle. J'ai acquiescé sans discuter, mais nous sommes restées longtemps, Sarah et moi, attablées sur la terrasse à argumenter passionnément pendant que les autres se dispersaient dans le jardin ou vers le village. Je trouvais normal d'avoir cédé au désir de celle qui savait mieux t'aimer que moi. Mais Sarah n'était pas d'accord, avec sa véhémence, elle me disait : « Tu as le droit de l'aimer. Tu n'es pas obligée de toujours laisser la place à Grand-Maman. Prends ta place, fais-toi confiance. »

Bien sûr elle connaissait ma honte de ne pas t'avoir désirée, ma culpabilité de ne pas être une bonne mère et ma conviction que j'étais incapable de te donner l'amour dont tu avais besoin. Mais elle n'acceptait pas mon attitude. Elle n'y croyait pas. Cela m'émeut encore aujourd'hui quand je te l'écris. Nathalie : Sarah est la première personne qui m'a permis de transformer l'image que je m'étais faite de moi, celle d'une mauvaise mère. C'est la première personne qui a vu qu'en moi, il pouvait y avoir autre chose, que ce n'était pas une apparence définitive. À travers son regard, j'ai pu déceler mon amour pour toi, réel,

vivace, caché sous une affection distante de mère convenue.
L'histoire de Lancelot que tu avais imaginée était superbement baroque. Elle comportait d'innombrables péripéties rocambolesques, mais difficilement réalisables. Nous avions essayé d'en garder l'essentiel qui culminait dans ta bataille contre un abominable vieillard, détenteur du Saint Graal et d'une lampe magique. Pour je ne sais plus quelles raisons, nous devions tourner ton scénario en dernier et c'est tant mieux parce que, quand le moment est venu de le réaliser, j'avais déjà suffisamment évolué pour éprouver un grand plaisir à jouer ce sorcier diabolique et à me faire trucider par toi, petite Jeanne d'Arc fougueuse et bagarreuse. Pour moi, c'était presque du psychodrame. Quand nous avons combattu dans la petite chapelle, tu te souviens ? Je te guettais derrière la statue de saint François et toi, prudemment, tu avançais, très lentement, maligne comme ton héroïne, dans ta tunique blanche de combattante moderne. Tout à coup je surgissais, monstre hirsute, toute peinte en gris avec d'horribles yeux rouges. On s'est battues pour de vrai, tu t'es jetée sur moi, tu t'agrippais à ma tignasse et tu me secouais pour t'emparer de la lampe magique. Et moi je m'en servais comme d'une arme en essayant de t'aveugler, ce n'était pas que du cinéma. D'ailleurs, depuis un bon moment, Sarah nous criait

d'arrêter, que la pellicule était finie. Alors tu m'as vraiment vaincue, tu m'as arraché la lampe et tu t'es enfuie pendant que moi, je m'affalais, dépossédée et totalement heureuse.

Nous pensions conclure ton scénario par ton départ sur un tapis volant, mais la réalisation en était difficile et nous avions dû la réduire à un saut quelque peu symbolique. Nous cherchions donc comment terminer sur une image plus lyrique et c'est moi qui ai eu l'idée de la dernière scène, celle où l'on voit la plage au lever du soleil. Tu émerges des eaux, toute ruisselante comme Aphrodite, tu t'élances vers ton bien-aimé qui t'attend. Or ton prince, c'est le vieillard transformé, c'est moi, et l'on se jette dans les bras l'une de l'autre, et l'on s'embrasse, et l'on se roule ensemble sur le sable jusqu'à ce qu'au loin résonne la musique et que nous partions en courant rejoindre la fête.

Comme Sarah habitait Paris, nous avions dû établir un rythme de vie assez particulier, tu t'en souviens peut-être, je te laissais avec la jeune fille au pair pour passer une semaine chez Sarah ; après quoi nous chargions dans la voiture tout le matériel, caméra, écran, projecteur, visionneuse, enregistreurs, un Uher portatif et deux gros Revox, toutes les bandes son et toute la pellicule, puis nous prenions la route pour Lausanne où, à son tour, elle restait une semaine en laissant Patrick, Paul et Fanchon à la garde de son employée algérienne.

Ce va-et-vient a duré deux ans. J'avais cessé de refouler ma culpabilité, mais j'étais loin d'en être débarrassée. Je la transformais en inquiétude, en soucis, en regrets de passer tant de jours loin de toi. Quelque chose avait bougé en moi, je réalisais que tu avais peut-être besoin de ma présence spécifique, pas forcément en tant que mère, mais en tant que personne, que j'avais peut-être, moi, Gabrielle, quelque chose à t'apporter. Pourtant je constatais que j'avais beaucoup de mal à te donner de l'attention. Les semaines où j'étais là, j'étais si absorbée par mon travail que je me sentais peu disponible pour toi et je m'en voulais. Et, quand tu insistais pour faire des choses avec moi, ou quand tu réclamais des précisions sur mon emploi du temps ou sur mes déplacements, j'esquivais en éludant tes questions : « On verra, je ne sais pas encore, ça dépend… » Alors Sarah me disait : « Mais réponds-lui donc ! Qu'elle sache où elle en est, qu'elle puisse planifier. » Et moi :

« On verra, on verra… » C'était mon expression favorite et tu la détestais. Tu voulais savoir à l'avance. T'organiser. Tu étais extrêmement méticuleuse. Au moment où tu allais te coucher, tu ne pouvais pas t'endormir sans avoir tout aménagé autour de ton lit, tes affaires et tes vêtements, soigneusement pliés, devaient être rangés selon un rituel précis. Ce côté maniaque m'énervait et provoquait des étincelles entre nous. Alors tu devenais insolente et, comme toujours, je me sentais atteinte en plein cœur. Un soir, tu étais au lit, tu devais avoir onze ans, j'étais venue te dire bonsoir et nous nous sommes prises de bec. Je ne sais plus à propos de quoi. Tu étais furieuse et brusquement tu m'as lancé une chaussure à la tête. Ça m'a mise hors de moi, je te l'ai renvoyée et tu me l'as relancée encore plus fort. Je ne me rappelle plus comment la bagarre s'est terminée, mais je sais que ce soir-là j'ai compris, soudain, qu'il fallait que je change. Que je ne pouvais pas maintenir un tel rapport de force avec toi. Que c'était destructeur. Que je ne pouvais plus t'engueuler, être autoritaire, exiger, crier, ou te frapper quand tu m'énervais trop. Que c'était à moi de changer. J'ai pris la décision que je ne m'emporterais plus jamais contre toi, en aucun cas. J'avais enfin compris que quand tu me provoquais, lorsque tu me cherchais, ce n'était pas ma violence que tu espérais obtenir. Pas ma violence : mon amour.

Il faut dire aussi que je m'étais mise à lire un certain nombre de livres de psychologie, j'aimais particulièrement Laing, Cooper, Bettelheim, Dolto. Et bien sûr Germaine Greer : je gardais dans mon sac un exemplaire de *La femme eunuque* et l'emportais partout avec moi. Et puis toutes ces idées qui étaient dans l'air sur l'oppression, la libération, la conscience… J'avais été très impressionnée par un passage de *Libres enfants de Summerhill* où Neill explique que, lorsqu'un parent frappe son enfant, avec les meilleures raisons du monde, ce qu'il exprime c'est sa haine. J'y avais beaucoup réfléchi. Sarah aussi défendait vos droits à la parole, vos droits à la contestation.
Nous rêvions de vivre en communauté, de transformer le monde. Mais comment tout concilier ? Comment faire tenir dans une seule vie tous mes désirs contradictoires, ma fille, ses demandes, mes aspirations, mes obligations, tout faire tenir dans une seule journée, le film, les devoirs, vite les courses, trop tard c'est fermé, le fric, les appels, le boulot, les téléphones, les copines, dont Andrée qui va très mal, et la famille par-dessus le marché, l'amour, un amant par-ci par-là sinon je moisis, la politique, et se développer soi-même, ma psychanalyse, le fric, davantage de fric ça aiderait, la bouffe, tous ces trucs terre à terre, mais quand même faut être en bonne santé, faire de l'exercice, ah ! le dentiste, j'ai oublié mon rendez-vous ! ils vous le

facturent les salauds, les manifs, les groupes, s'impliquer, faire gaffe à rester féminine, pas trop bouffer, mais on s'en fout de la ligne, et les vacances, trouver un endroit pour les vacances, prendre son pied, surtout pas oublier de prendre son pied, sans quoi rien ne sert à rien, t'as lu Reich ? Relaxe, mais pas trop longtemps parce que je n'ai pas que ça à faire moi, cette pauvre Cloclo, sa fille qui se pique, qu'est-ce qu'on peut faire, il faut que ça change, mais c'est toi qu'il faut changer ma vieille ! Regarde les dédales qu'il y a en toi, l'immensité de tes bas-fonds, la sournoiserie de tes mécanismes, tu te rends compte du boulot qui reste à faire ? Mais c'est récupéré voyons, t'es parmi les privilégiés, combien il te prend ton psy ? Oui, mais changer le monde, renverser les structures, on a bien vu à quoi ça sert, ça changera quoi : regarde comme les gens sont tristes, ce n'est pas récupéré ça ? Alors... Oui, mais si Mitterrand passe !

J'en étais là quand j'ai croisé Tim Kayne et sa compagnie. Je te passe les détails de la rencontre, Nathalie, tu les connais, le Festival d'Édimbourg et toute l'histoire. Mais je veux t'expliquer ce qui m'a attirée, et ce qui m'a retenue. Tu comprends, je n'avais jamais vu des gens comme eux, des extraterrestres, oui, c'est précisément l'effet qu'ils me faisaient : des Martiens. Sans doute parce que, pour la première fois de ma vie, je rencontrais des personnes qui vivaient ce qu'elles pensaient. Exactement. Sans hésitation. Sans retenue. Dès qu'elles avaient une idée, dès qu'elles prenaient conscience de quelque chose, elles en tiraient les conséquences et, aussitôt, elles les mettaient en pratique. Pour moi, c'était vraiment le choc. Quand j'étais adolescente, j'avais été profondément déçue de réaliser que la richesse de mes parents signifiait qu'ils ne pratiquaient pas réellement leur foi chrétienne. Jésus était pourtant clair : « Va, vends tes richesses et distribue l'argent aux pauvres, après quoi tu pourras me suivre. » Or mes parents voulaient suivre Jésus, ils n'arrêtaient pas de nous en parler, de nous citer la Bible, de nous faire la morale. Mais eux, confits dans leur fortune, comment les respecter ?

Les Martiens pensaient que les femmes ont le droit de manifester leur désir sexuel. Qu'il faut faire éclater les rôles macho-minette. Moi et mes copines féministes, nous pensions la même chose, seulement les Martiennes, elles, passaient à l'acte, sans détours et sans complexes. Lors du festival où je les ai rencontrées, elles semaient la panique en draguant avec des méthodes de mecs. Crois-moi ça surprend quand une jolie femme fixe le bas-ventre d'un type en susurrant : « C'est bien mignon tout ça » et qu'elle accompagne son compliment d'un gentil effleurement des couilles.

Ça fait bizarre, tu sais. Les hommes n'ont pas vraiment l'habitude. Au point qu'en huit jours de festival, pas un seul n'a répondu aux avances des quatre super nanas qui accompagnaient Tim. Alors que pour les Martiens mâles, aucun problème lorsqu'il s'agissait de tomber les filles qui leur plaisaient.

Comme tout le monde, j'étais choquée, stupéfiée, par moments scandalisée par leurs façons, leur langage, leur manière de vivre, mais en même temps, je ressentais un immense soulagement hilare : toutes les barrières conventionnelles, tous les collets que mon éducation avait assidûment montés autour de moi, tous les codes arbitraires et aliénants de la société se trouvaient renversés, ridiculisés, réduits en poussière par le débordement de vie pétaradante de ces huit personnes. C'étaient Reich, Rabelais, Jarry revenus sur terre, bien mieux, ce n'était plus de la littérature, c'était de la vie, encore plus passionnante que les livres. Ils existaient, là, sous mes yeux, incarnés, à portée de ma main, et je pouvais leur parler, les toucher, les embrasser. Même si cela me faisait peur, leur poser toutes les questions que je voulais, ils adoraient répondre aux questions, tout en riant, en se grattant, discourir sur les sujets les plus profonds, tout en pétant, flirter tout en discutant des choses les plus sacrées ou les plus intimes. Et puis pour eux, pas de dilemme.

Changer les structures ? Changer la société ? Se changer soi-même ? Tout se faisait du même coup, en s'amusant et en faisant l'amour par-dessus le marché. J'étais abasourdie.

Alors en rentrant de nos vacances à Vancouver, nous leur avons rendu visite en Californie, tu te souviens, leur ranch à WaldenSex. Là aussi, j'ai vécu des événements si bouleversants que je dois te les raconter pour que tu puisses comprendre, peut-être, comment j'ai été amenée, un an plus tard, à chambouler radicalement ma vie, et donc la tienne.

Nous avions dormi, toi et moi, sur ce qu'ils appelaient le *high bed*[3], un lit à six places, bâti sur des placards à rangement, et qui emplissait pratiquement tout l'espace de la chambre. Nous faisions la grasse matinée et nous bavardions, allongées près de la fenêtre tendue d'un fin treillis antimoustique ; nous discutions du programme de la journée. Tim était avec nous et il se moquait gentiment de moi parce que je ne voulais pas faire l'amour avec lui. « C'est à cause de ta petite gardienne, hein ? Tu as peur qu'elle soit jalouse. » Ses paroles m'agaçaient parce que, effectivement, c'était

---

3. Ils disaient en plaisantant qu'ils allaient faire breveter leur système, que c'était un lit pour planer, « A bed to fligh high. »

pour faire corps avec toi, pour ne pas te choquer, attends, qu'est-ce que je veux dire exactement ? Pour ne pas risquer de te décevoir, pour être une bonne mère, c'est-à-dire ne pas trahir l'image que je supposais que tu te faisais de moi.

La veille au soir, pendant que tu dormais, j'avais participé à leur représentation de théâtre thérapeutique orchestrée par Tim, le « Therhappening » et j'étais encore sous le coup de ce qui s'était passé, à la fois sidérée par la violence de ce que j'avais exprimé et enchantée du succès que j'avais remporté. Avide aussi d'en apprendre davantage sur ces gens étranges, et puis surtout sur moi. Quand, après t'avoir embrassée, j'étais sortie de la chambre où je t'avais installée pour la nuit, j'avais trouvé les corridors déserts, toutes les pièces vides, et je me demandais où avait bien pu passer le monde, cette foule d'habitants que nous avions côtoyés pendant la journée et qui n'avaient cessé de nous entourer et de nous questionner en commentant nos réponses et nos manières d'agir comme si nous arrivions d'une lointaine planète. J'avais parcouru les bureaux, le labyrinthe compliqué des vestiaires, la cuisine, le réfectoire sonore et j'avais fini par tomber sur quelqu'un qui, sortant des WC, m'avait entraînée dehors jusqu'à une dépendance récemment construite où ils se trouvaient rassemblés tous, les cinquante-sept membres de leur communauté. Ils formaient un grand cercle, assis, debout, couchés, enlacés, affalés les uns contre les autres comme une tribu de chimpanzés, grignotant, buvant, fumant, certains se tripotant, mais tous attentifs à ce qui se passait au centre.

C'est là, sur un tapis usé, qu'avait lieu la représentation. À tour de rôle, mais apparemment sans ordre préétabli, des gens bondissaient pour prendre possession de la scène où ils improvisaient un spectacle, un chant, une danse, un monologue qui, souvent, se terminait par une sorte de clameur furieuse, par de gros sanglots ou par un accès de tremblements convulsifs.

J'étais fascinée. Je voyais ces hommes et ces femmes qui, les uns après les autres, sautaient allègrement là au milieu, qui semblaient prendre plaisir à faire mille clowneries, et qui, cinq minutes plus tard, s'effondraient en proie à un cataclysme de sentiments. Puis, l'ouragan passé, qui se remettaient à rire et à chanter un couplet qu'ils inventaient sur le moment, avant de se faire bousculer par le suivant, avide de prendre à son tour place dans l'arène. Pendant toute la durée du spectacle, je m'étais demandé si j'oserais y aller moi aussi. Or, sans trop savoir comment, je m'étais retrouvée au centre du cercle et je m'étais mise à improviser une étrange chanson, tout en anglais, où je parlais de moi, de ma relation avec toi, et j'avais conscience de mimer une espèce d'araignée susurrante et venimeuse. Puis soudain, je m'étais mise à pleurer, à hoqueter, et je sentais Tim qui posait sa grande main sur ma poitrine, qui appuyait fortement sur mon diaphragme et qui disait : « C'est très bien, continue, continue. » Et puis, quand j'étais arrivée au bout de mon souffle, au bout de mes forces, tout le monde qui m'applaudissait et qui criait : « Far out ! She is out of sight ! » et je m'étais retrouvée entourée, fêtée, choyée, admirée, bécotée par une bonne douzaine d'êtres à demi nus, jappant d'aise, rigolards, papouillards, comme une meute de jeunes chiens amicaux.

Après la fête, tard dans la nuit, Tim était venu se glisser dans le lit entre moi et toi, tu ronflais paisiblement. « Come on baby, are you afraid of me now ? It was good in Edinburgh wasn't it ? » Et moi, j'avais fait semblant de dormir : « Mmmmmm… pas envie. Ma fille. Not possible. »

C'est à tout cela que je repensais ce matin-là pendant que nous paressions sur le *high bed*. Toi, tu discutais avec Tim, vous faisiez toutes sortes de gestes et de mimiques pour arriver à vous comprendre et ça vous amusait beaucoup. De temps en temps tu éclatais de rire et tu voulais que je traduise exactement ce qui venait de se dire. À un moment donné, Tim t'a demandé pourquoi tu étais jalouse de ta maman, et tu as répondu – est-ce que tu t'en souviens ? – en me disant de traduire : « Parce qu'elle ne m'a pas assez léchée quand j'étais petite. » J'étais stupéfaite. Je me disais : « Mais alors, elle sait tout ! Peut-être qu'elle s'est rendu compte de tout… » Soudain, j'avais envie que tu sortes, que tu partes jouer, dehors, que je puisse parler avec Tim, comprendre ce qui s'était passé la veille, mettre de l'ordre dans mes pensées, dans mes émotions.

Tu es sortie sans grand enthousiasme, et Tim m'a dit de m'étendre, de respirer profondément, et de laisser monter mes sentiments. Il était assis à côté de moi, une main rassurante posée sur mon estomac. J'ai commencé à parler de toi, de mes difficultés, de nos prises de bec, à dire que je me rendais compte que j'étais une mauvaise mère.

« Alors, vas-y, crie-le, crie comme tu es mauvaise, comme tu es pleine de colère. »

De fait, je me suis mise à crier, à hurler, à trembler, mais très vite : stupéfaction ! Ce n'était plus ton image que je voyais, mais celle, menaçante, monstrueuse, de ma mère. Et Tim qui m'encourageait, et moi qui tempêtais, qui fulminais, qui me démenais et m'égosillais. Gueulais, explosais, invectivais, tonnais, bouillonnais, éclatais, pestais, m'emportais, braillais, sanglotais… Matinée cruciale. De temps en temps je m'interrompais pour reprendre mon souffle. Je jetais un regard vers la fenêtre et, à travers le fin grillage, je cherchais à distinguer où tu étais, avec qui, si tu ne risquais pas de m'entendre. Et puis je me disais : « Tant pis. Après tout, c'est trop important. »

Une révélation. Comme si je trouvais enfin ce que je cherchais depuis des années. Et puis, quel soulagement de comprendre que tu n'avais aucune part réelle dans mes sentiments agressifs. Que tu n'étais en quelque sorte, qu'un relais, un écran entre ma haine et son véritable objet : ma propre mère.

En rentrant à Lausanne, je me suis aussitôt inscrite dans divers groupes de thérapie, bioénergie, marathons, groupes de rencontre. Je me rendais compte que la psychanalyse n'était plus le bon outil pour moi, qu'il me fallait une méthode plus directe, plus émotionnelle, plus radicale.

Je ne cessais de repenser à ce que j'avais vécu à WaldenSex, d'en parler à mes amis, à qui je décrivais

Tim et sa communauté comme détenant le mode de vie idéal, la solution à tous les problèmes, individuels et sociaux. À toi aussi je rebattais les oreilles de mes désirs de vie communautaire et de mon enthousiasme pour le modèle de WaldenSex. Dans nos discussions, tu ne te montrais pas totalement réfractaire à ces idées et tu me concédais qu'elles pouvaient répondre à un idéal social, mais tu étais profondément choquée par leur côté agressif, provocateur, transgresseur de tabous. Tu avais douze ans.

Depuis cinq ans déjà, nous vivions une certaine forme de communauté composée de nous deux plus la jeune fille au pair, plus soit Irène soit Sarah, plus Laurent mon locataire, plus quelques habitués de passage tels que l'ami d'Irène ou les enfants de Sarah ; souvent aussi, quelque amie, copain, copine d'ami qui prenait pension pour une période plus ou moins longue.

Parfois j'avais un amant, mais j'étais très soucieuse de respecter les *dehors de la civilité* comme dit le bon vieux Georges[4], et je n'accordais à aucun homme le droit d'être vu par toi dans mon lit, exigeant qu'à l'aube, il intègre le divan du salon.

4. Georges Brassens

En mars 1975, Marc t'emmena en Espagne pour les vacances de Pâques et, subitement, je pris la décision de partir moi aussi et d'aller passer huit jours à WaldenSex. J'empruntai l'argent du voyage et je m'envolai.

Je vécus là une semaine idyllique. J'étais très appréciée et choyée par les Californiens, les hommes se bousculaient au portillon pour avoir le droit de passer une nuit avec moi. Tim m'avait attribué un thérapeute particulier, Ralf, qui pendant deux heures tous les matins m'apprenait à faire ressurgir mes sentiments refoulés et à m'en débarrasser par toutes les formes de décharges émotionnelles, cris, pleurs, tremblements. Je passais le reste du temps à découvrir comment vivaient ces gens que j'admirais, à me renseigner sur leurs façons de concevoir l'amour, la sexualité, et surtout, l'éducation de leurs enfants ; à les écouter me raconter leurs trajectoires et dénoncer la répression qui régnait en dehors de leur oasis, dans notre société chaotique et décadente, répression qui était à l'origine de leur névrose qu'ils appelaient leur maladie. À tous moments, ils me plaignaient d'avoir à retourner « là-bas », dans ce monde corrompu, le monde « L.M. » le « Little Man world[5]» comme ils disaient avec un ton de profond dégoût, et ils me demandaient ce que j'attendais pour faire comme eux, me raser les cheveux. J'avais très envie de m'identifier à eux si chaleureux, eux pour qui tout paraissait simple. Toutefois j'hésitais à faire un pas qui scellerait mon adhésion à leur groupe, à leur démarche et à leur mode de vie. Je sentais bien que si je le faisais, ce ne serait pas un acte léger, un mimétisme superficiel, mais que cela aurait des implications profondes et ramifiées.

Lucie, une jeune Québécoise très belle, qui vivait depuis plus d'un an dans la communauté, m'avait joyeusement expliqué qu'en sacrifiant sa chevelure, elle avait acquis une réelle conscience de sa féminité. Elle me disait : « Quand je baise, je sais que c'est vraiment moi qui suis désirée, pas mes cheveux, mes atours, ma

---

5. D'après le pamphlet de Wilhelm Reich, *Listen, Little Man !*, (*Écoute, Petit Homme !*).

beauté. C'est mon énergie sexuelle qui attire les mecs, rien d'autre. » Je saisissais bien ce qu'elle voulait dire. Mais tout de même mes cheveux si beaux si jolis si longs si blonds si brillants si dorés que les hommes adoraient !

Le dernier jour je me décidai, sous les applaudissements du groupe. L'un après l'autre, la mimique épanouie, ils sont venus me caresser le crâne en poussant des soupirs d'aise : « Tu sens comme c'est agréable, comme c'est jouissif ? Tu as l'air d'un nouveau-né. Comme nous. »
À la fin de tes vacances, tu as découvert ma boule rasée, tu as manifesté un étonnement indulgent : « Encore une lubie de maman. »
Le matin de mon retour de WaldenSex, je me sentais abrutie par ma nuit de train et j'avais mal à la tête. Vous étiez encore en Espagne. Steve est passé par hasard à l'avenue d'Ouchy. Ce n'était qu'un vague copain, je le connaissais depuis quelques mois et il me faisait discrètement la cour. Il venait de temps en temps me rendre une visite timide et muettement charmeuse, m'apportant parfois une fleur soustraite aux massifs du parc du Denantou. Pour calmer ma migraine, il m'a gentiment proposé un massage (ah ! ah ah !) et c'est ainsi qu'a commencé notre histoire d'amour.

J'ai de nouveau beaucoup de mal à t'écrire. Nathalie, depuis trois jours, je tourne autour du pot, comme au début de ce récit. J'écris toutes sortes d'autres choses. J'écoute Patapon qui miaule dehors comme un bébé en furie. Steve est à côté de moi sur le lit, il bouquine. Il est dix heures, j'entends la cloche qui sonne et puis j'entends le crissement régulier d'Émile, c'est un ver de poutre qui a entrepris de dévorer notre maison. Une fourmi traverse ma page. J'entends même le tic-tac du réveil. C'est te dire si je suis concentrée. Zut, la fourmi a trouvé ma jambe. Peut-être est-ce *un* fourmi d'ailleurs, et moi je suis la grosse dame de Copi. Passive et méchante. Non, suprêmement égoïste. Patapon chante en duo maintenant, je le vois devant les groseilliers de la voisine, il fixe un affreux matou noir, borgne. On dirait deux chanteurs d'opéra, immobiles, chacun à sa place, ils remuent la queue en rythme comme pour aider leur gorge à pousser ces incroyables feulements amoureux…

Bizarre n'est-ce pas que je sois tombée amoureuse juste au moment où je m'étais décidée à vivre une forme de communauté qui bannissait le couple. J'avais pris une décision capitale, scellée par un signe capital puisqu'inscrit sur ma tête. Et les appréhensions que j'aurais dû ressentir si j'avais envisagé clairement les conséquences de mon choix me poussaient à faire l'autruche et à prendre le deuil de ma vie de couple dans l'euphorie d'un grand amour. Le plus stupéfiant c'est qu'intellectuellement, j'étais parfaitement d'accord avec l'idée d'éliminer le couple. Intellectuellement. Je me comportais un peu comme les vieux garçons qui font les quatre cents coups avant de se marier sauf que moi, c'était le contraire, je me saoulais de lune de miel avant d'entrer dans les ordres du *Free Sex* (nous l'appelions « le grand frissex »). J'ai l'impression que, pour toi, c'est une période qui a dû être difficile, mais je n'en sais rien. Il me semble qu'à ce moment-là déjà tu avais commencé à suivre un régime.

Au mois de mai, j'avais convaincu Steve de modifier l'appartement selon les critères californiens, c'est-à-dire en supprimant les espaces individuels. Mais tu n'as rien voulu entendre et tu as gardé ta chambre.

Nous avons dû nous contenter de transformer la mienne en dortoir où, sur une demi-douzaine de matelas étalés par terre, nous invitions à venir passer la nuit tous nos amis tentés par le modèle américain.

Nathalie, aujourd'hui je vois bien que j'agissais sans respect pour ce que tu étais. Je ne cherchais pas à te comprendre, exactement comme ces parents conventionnels tant critiqués. Je cherchais, sans doute, à agir différemment. Certes je voulais changer mes comportements oppressifs, mais c'était sans tenir compte de là où tu en étais, toi. Et peut-être t'ai-je fait autant de mal en ces quelques mois, en t'imposant une façon de vivre impérativement non répressive, que pendant les années où je t'ai éduquée de la façon la plus traditionnellement oppressive. Je ne sais pas ce que tu en penses et je suis bien curieuse d'avoir ton avis là-dessus.

Avec le recul je me dis, qu'il eût mieux valu manifester clairement mes intentions plutôt que d'être une fois de plus évasive et floue. Sans doute aurait-ce été plus facile pour toi si j'avais osé décider de passer toute une année en Californie, si j'avais organisé ouvertement ma retraite au lieu de prendre mes désirs pour la réalité en imaginant naïvement et stupidement que je pourrais créer une communauté à Lausanne à laquelle tu participerais, avec la bénédiction de Marc et des saintes familles ; si j'avais prévu que jamais, ni toi ni Marc, n'accepteriez mon Centre tel que je voulais l'organiser. Mais c'eût été choisir lucidement de te laisser avec Marc pendant un an ou deux et j'avais encore bien trop de culpabilité refoulée pour pouvoir assumer une telle désertion de mon rôle de mère. C'est pourquoi, pendant cinq mois, j'ai agi à rebours de mes idées nouvellement acquises.

À propos, Natacha, je comprends tout d'un coup pourquoi je n'arrivais plus à écrire ces derniers jours, pourquoi mes idées étaient confuses. C'est parce qu'à cette époque, j'ai de nouveau voulu me débarrasser de toi. Et pas seulement de toi, de Marc aussi et de toute ma famille, de tout mon passé. Faire table rase, recommencer à zéro. Quel fantasme...

À WaldenSex, j'avais compris qu'il vaut mieux être claire et directe avec les enfants. Je m'efforçais donc de ne rien te cacher, mais, comme tu étais le lien qui m'attachait à la société traditionnelle, une longue habitude des compromis me poussait à œuvrer sourdement pour préparer notre Centre. Ma rancune contre la société et contre ma famille ainsi que mon impuissance à élaborer calmement ma retraite ou plutôt ma conversion à une vie communautaire révolutionnaire me poussaient à reporter dans la sexualité toutes mes énergies revendicatrices. Il faut dire aussi que c'étaient les idées du jour : en 1969, dans les manifestations, depuis la sortie du *Marat-Sade* de Peter Brook, on scandait avec enthousiasme : « What's the point of a revolution without a general copulation[6]. »

Or en Amérique, Tim et ses disciples ne se contentaient pas de brandir des slogans, mais ils fonçaient à cœur joie dans la copulation la plus allègre et s'adonnaient de toute leur âme à renverser les tabous. À faire péter le conformisme. Je me délectais de voir l'hypocrisie dénoncée. « Pissons, chions, masturbons-nous. » Qu'est-ce que je dis « dénoncée » : moquée, renversée, pulvérisée, transgressée, inondée par un flot de sperme, une marée de menstrues dévastant toutes les institutions et tous les formalismes.

Aujourd'hui, j'interprète l'aveuglement qui m'empêchait de prendre en considération la réalité de ta situation – et de la mienne – comme dû à une part inconsciente de l'agressivité que j'éprouvais contre la société qui m'avait mise de force dans un rôle que je ne voulais pas. Si j'avais pu l'exprimer, sans doute aurais-je dit : « Vous m'avez forcée à être mère, eh bien, mère je suis, mère je reste, et c'est avec mon

6. « À quoi bon la révolution si elle n'amène pas à une copulation générale. »

enfant que je vais renverser toutes vos valeurs débiles et vous démontrer comment il faut vivre. » Mais je n'étais consciente que de mon désir, réel, de te faire du bien, de t'apporter ce qui me paraissait le meilleur : une société idéale, un monde joyeux, non répressif, des êtres conséquents avec eux-mêmes, qui refusaient de se conformer à des normes sociales néfastes, mais prenaient le risque de repenser l'univers et de s'atteler à le remodeler selon leurs critères. Je voulais sincèrement, et de toutes mes forces, te faire bénéficier de ma découverte et te soustraire au monde malfaisant du « Petit Homme ».

Au mois d'août, tu devais descendre à la mer avec Grand-Maman. Pendant ce temps, j'avais prévu d'aller faire mes classes chez Tim et d'y rester six semaines. Plusieurs amis intéressés ou même séduits par le modèle californien m'accompagneraient ou me rejoindraient. Dans ma naïveté, j'imaginais qu'après un mois et demi de travail intensif sur moi-même, je serais une femme régénérée, libérée de ma vieille névrose, prête à fonder une société nouvelle avec tous ceux qui auraient fait le même chemin, plus bien sûr Steve et nos enfants. Évidemment, j'ai dû déchanter. Cependant, mon séjour me permit tout de même d'acquérir un début de lucidité qui me fit clairement voir que j'avais encore un long chemin à faire.

Quand en septembre je suis rentrée de WaldenSex, première déception : Marc déclara qu'il n'était pas question que sa fille me suive dans mon aventure communautaire. Or celle-ci était pour moi trop vitale pour que j'y renonce. Je me disais qu'après tout, ce serait sûrement bon pour une adolescente de treize ans de vivre auprès de son père. Mais j'étais persuadée que j'arriverais à le faire changer d'idée en lui démontrant la justesse de ma démarche. D'ailleurs il ne la réprouvait pas totalement et marquait même un certain intérêt pour mon expérience. Depuis plusieurs mois, je lui en parlais en m'efforçant de lui faire comprendre nos objectifs, non sans en minimiser les aspects révolutionnaires et iconoclastes.

Nous avons installé le Centre aux Diablerets où tu es venue passer un ou deux week-ends. Jusqu'au jour où Marc, en ville, a rencontré Laurent qui l'a provoqué très agressivement, en lui disant qu'il vivait mal et qu'il te faisait du tort en t'empêchant de venir habiter dans la communauté. Marc a été bouleversé par ce persiflage. Nous étions alors en instance de divorce et d'accord de traiter à l'amiable, mais cet incident le poussa à exiger la puissance paternelle et interdire que tu aies le moindre contact avec les membres de la communauté. J'étais désespérée.

Je pris pour avocat mon vieux copain F. R., mais il me conseilla de ne pas durcir mes positions et de céder mon droit de tutelle. Il me disait : « C'est une adolescente, de toute façon dans quelques années, voire dans quelques mois, puissance paternelle ou pas, elle ira où elle voudra. » Cela me paraissait sensé, d'autant plus que je ne voulais à aucun prix faire partie de ces parents qui s'arrachent mutuellement les entrailles soi-disant pour le bien de leurs enfants. Mais en cédant, je conservais l'espoir que j'arriverais peu à peu à reconquérir la confiance de Marc.

Je te voyais donc à l'avenue de Rumine où j'allais deux fois par semaine déjeuner avec toi. J'étais en proie à un tel fanatisme qu'à chaque fois, je me désolais de ne pouvoir t'arracher à la nocivité de ton environnement que je jugeais désastreusement corrupteur.

Ce même fanatisme nous attira un bon nombre d'incompréhensions et d'antipathies… et aussi beaucoup de nouveaux membres. De sorte que nous étions une bonne vingtaine quand, à la fin de l'automne, nous avons décidé de quitter notre retraite des Diablerets et de redescendre en ville où, dans une ancienne fabrique, nous avons installé dortoir, bureau et théâtre thérapeutique ainsi qu'un bistrot et une boutique de seconde main.

Entre-temps, Steve avait quitté la communauté. Il s'y amusait bien pourtant, mais nous étions trop sectaires, trop dogmatiques et surtout trop agressifs pour lui. Et puis la thérapie ne lui disait pas grand-chose. Nous avions bien essayé de le pousser hors de ses gonds, hors de ce que nous appelions sa cuirasse, et résultat : il avait pris la fuite. J'étais déçue, surtout pour lui, navrée qu'il renonce à se délivrer du marasme de ce monde de « petits hommes ». Mais je n'ai pas envisagé un seul instant d'abandonner ma démarche pour une histoire d'amour.

Dans ma thérapie, j'avais commencé à m'attaquer à mon rôle de mère, à ma relation avec toi et, surtout, à ma relation avec ma propre mère. Je fis une série de séances où je me sentais comme au centre d'une bascule. Derrière moi, un peu au-dessus de ma tête, je voyais mon père et ma mère, comme deux hauts personnages penchés sévèrement sur moi qui me sentais toute petite et perméable, assujettie à leur domination. Cette vision s'accompagnait de toutes sortes d'émotions que j'exprimais de mon mieux. Et ensuite, comme par un glissement, c'était toi que je voyais bébé, recroquevillée au-dessous de moi, au moment où l'image de moi grandissait, gonflée par un vent despotique jusqu'à devenir une mère austère qui infligeait à cette petite créature désarmée les tourments mêmes dont je venais de me décharger. Puis cela se renversait et je me retrouvais en proie à quelque autre souvenir que je revivais avec une précision douloureuse sous la figure menaçante de mes parents jusqu'à ce qu'à nouveau je chavire vers ton image et vers le sentiment aussi désolant que soulageant de n'avoir été qu'une marionnette condamnée à retransmettre la tyrannie faite de négligence, de désintérêt ou d'incompréhension dont j'avais été victime.

Je me dis que ces mots ont l'air bien gros, bien dramatiques pour exprimer une situation somme toute assez banale. Mais la banalité ne rend pas la souffrance moins douloureuse.

Ce genre de séances cathartiques allumait en moi un intense désir de réparer le mal que je t'avais fait et le seul remède qui me paraissait radical était évidemment celui que j'utilisais moi-même. J'étais si totalement plongée dans mon histoire que je ne voyais aucun salut pour toi – ni pour personne d'ailleurs – hors du chemin que je suivais.

J'en étais là quand tu as commencé à devenir anorexique. C'est venu petit à petit. Au début, tu t'intéressais simplement à la diététique, tu t'étais procuré une série de livres sur le sujet et quand je te voyais, nous ne parlions plus que d'alimentation. Ça ne m'étonnait pas outre mesure vu les différentes théories alimentaires dont ma mère s'était entichée et qu'elle nous avait contraints d'adopter, et aussi parce que j'étais passée moi-même, quelques années auparavant, par une phase rigoureusement macrobiotique.

Cependant, tu as commencé à ne plus vouloir rien manger d'autre que du pain complet, du yaourt maigre et des oignons crus. Note, en y repensant, c'était un régime assez équilibré, bien qu'extrêmement frugal. Et bien sûr, nettement insuffisant pour une adolescente en pleine croissance. En effet tu t'es mise à maigrir sérieusement. Marc était inquiet, mais il voulait respecter ta démarche. Il avait libéré un rayon dans l'armoire de sa cuisine pour que tu puisses y ranger tes provisions et il s'était même procuré un petit frigo qui t'était réservé, car tu tenais tout particulièrement à ne pas mélanger ta nourriture à celle des autres. De mon côté je m'inquiétais aussi, évidemment, et ce qui me déchirait c'était ne pas savoir comment t'aider sans t'emmener avec moi dans mon Centre. Or cela, précisément, m'était interdit.

Par moments je me demandais si tu essayais d'exercer une pression sur moi pour que je revienne vivre avec toi, mais je ne le croyais pas vraiment. Peut-être que ça m'arrangeait de ne pas y croire. Si chantage il y avait, je ne voulais pas y céder, mais surtout, en vivant

dans cette communauté, c'était la substance même de mes nerfs, c'était ma moelle que j'avais entrepris de régénérer et je ne pouvais pas envisager d'y renoncer sans croire que cela reviendrait à renoncer à vivre. Et puis, l'idée même d'abandon me faisait horreur, car indissociable du dévouement que ma mère m'avait fait subir, cherchant à masquer par de l'abnégation sa possessivité et son désir d'emprise sur moi.
Cependant les familles, elles, m'incitaient férocement à jouer les pélicans. Mon père m'écrivait de Vancouver pour me faire la morale, ma mère m'accusait de t'assassiner pendant que mes frères et sœurs me prodiguaient toutes sortes de conseils et de solutions qui me montraient à quel point ma personne, celle que je m'acharnais depuis un an à extirper de la névrose, importait peu face à l'image qu'ils se faisaient de la mère qu'il fallait que je sois.

Tu devenais de plus en plus maigre, Marc de plus en plus inquiet, les familles de plus en plus angoissées et moi, je me sentais de plus en plus impuissante. Quand j'allais te rendre visite à l'avenue de Rumine, j'étais saisie de te voir si pitoyable, comme une poulette déplumée, et si résolue. Dans le grand fauteuil en cuir de ton père, tu te tenais comme une petite vieille, voûtée, retenant une couverture avec tes mains décharnées posées sur tes genoux et ta figure enfantine, si sérieuse, toute préoccupée de m'exposer tes principes alimentaires. Un jour, avec le sentiment de commettre une infraction, je t'ai proposé de faire une séance de thérapie et tu as accepté, probablement pour me plaire. Tu t'es allongée, je t'ai dit de respirer profondément, puis d'expirer en laissant sortir les sons. Mais tu te donnais tant de peine pour me faire plaisir et je m'en donnais tant pour arriver à te montrer comme ça te ferait du bien… que rien d'autre ne pouvait se produire. Pourtant quand nous avons arrêté après une quinzaine de minutes et que je t'ai demandé si tu serais d'accord que je revienne tous les jours pour continuer notre travail, tu m'as dit avec un regard dévorant qui m'a bouleversée : « Oh oui ! Ce serait le paradis. »

Mais Marc n'a pas voulu. Il ne pouvait pas comprendre que c'était la seule façon pour moi de t'apporter quelque chose. Il décida cependant de te faire suivre une psychothérapie. J'aurais voulu pouvoir choisir avec lui le thérapeute, mais je jugeai préférable d'accepter celui qu'il proposait plutôt que d'ajouter un conflit de plus à la situation. J'allai voir le psychologue en question. Sa tenue conformiste et l'ameublement luxueux de son cabinet m'agacèrent. Malgré tout il me parut compétent, intelligent même, et je décidai de lui faire confiance.

Puis tu as commencé à aller mieux. Tu restais maigre, mais, peu à peu, tu acceptais de faire de petites concessions, d'ajouter un ou deux fruits à ton régime, de l'huile d'olive, du riz complet, quelques noisettes.

Tu allais mieux et j'étais toujours au Centre.
J'espérais même qu'en été, puisque tu devais passer un mois chez Grand-Père à Vancouver, nous pourrions ensuite nous retrouver toutes les deux à WaldenSex et rester quelques jours chez Tim. Je m'obstinais à entretenir l'espoir que bientôt je serais devenue assez positive, assez rayonnante de santé psychique pour convaincre Marc et les familles de te laisser venir vivre avec moi, bénéficier d'une existence idéale, en dehors du marasme de leur société décadente. Aveuglément, je m'obstinais.

C'est à ce moment-là que je me suis cassé la nuque.
Ça s'est passé avenue de Rumine où j'étais allée déjeuner avec toi et ton petit cousin Philippe. Il avait voulu jouer à la course d'obstacles. Nous devions sauter de la table de la cuisine, puis tourner autour d'une barre fixe placée entre les deux montants de la porte, enfin ramper sous une série de chaises alignées dans le corridor. Pendant que l'un se démenait, l'autre chronométrait.

C'était moi qui avais fixé la barre ; or je l'avais vissée dans le mauvais sens, c'est-à-dire qu'au fur et à mesure que nous tournions autour d'elle, imperceptiblement, nous la dévissions. Soudain, alors que j'étais suspendue la tête en bas les jambes en l'air, elle a lâché. Et de tout mon poids de soixante kilos, je suis tombée sur la tête.

La douleur me déchirait, mais vous deviez partir en classe et je vous ai dit que je pouvais me débrouiller seule, puis j'ai appelé Laurent qui est venu me chercher et m'a conduite faire des radiographies.

À partir de cet accident, je commençai à me sentir très mal dans la communauté. Alitée, ne pouvant plus exprimer la moindre émotion puisque pleurer ou même parler m'était affreusement douloureux, je me mis à rêver abondamment, cauchemars, rêves de mort, vampires, suicide.

Nathalie. Arrivée à ce point de mon récit, je me suis arrêtée d'écrire. C'était en juin dernier, le 23 exactement. Est-ce un hasard ? Dix ans plus tôt, juste avant la Saint-Jean, je m'étais cassé la nuque. Il m'a donc fallu plus de huit mois pour remettre en place ces morceaux-là. Je veux dire pour décrypter le contexte de cet acte qui a failli me laisser paralysée des quatre membres. Je revois l'expression incrédule du médecin quand il m'a dit : « Un millimètre de plus et vous étiez tétraplégique. »
Aujourd'hui, un petit soleil de février diffuse sa lumière blanche entre les branches noires du cerisier et mes idées sont enfin claires. En faisant cette chute, j'ai commis un acte symbolique qui m'a permis de résoudre élégamment, c'est-à-dire de façon rapide, globale et irréversible, une impasse dont je ne savais comment sortir.

Bloquée devant un casse-tête, je me suis rompu le cou. Empêtrée, entravée dans un réseau inextricable de pulsions contradictoires, en tranchant ce nœud gordien j'ai frôlé la paralysie. Mais j'ai réussi à couper un autre cordon, celui qui m'attachait à la bonne mère que je m'étais trouvée, à ma communauté. À la suite de ma chute, il m'était impossible de participer ni à la thérapie ni à la vie du groupe, je n'avais donc plus à choisir ma voie : il me fallait partir. Je m'étais mise devant le fait accompli, et cela me rendait le sevrage beaucoup plus supportable.

Hier je me suis longuement promenée sous la pluie. J'avais emporté le petit enregistreur que tu m'as donné et j'ai parlé, parlé, parlé sans discontinuer, dit tout ce qui me passait par la tête, et j'ai fini par comprendre que cette partie de moi qui refusait de te céder, de t'écouter, de chercher à savoir ce que tu voulais me communiquer en ne mangeant plus, celle qui me faisait croire que c'était ta vie contre la mienne, c'était la même qui depuis le début de notre histoire commune s'est sans cesse crue menacée par toi. Celle qui t'avait refusée, qui avait cherché à t'anéantir, qui t'avait négligée, celle qui te boudait, qui s'irritait de tes insolences et jalousait ta vitalité, celle qui t'avait giflée, fessée, punie, et qui, finalement, avait bien dû se résoudre à te laisser vivre : c'était l'horrible vieillarde quand nous avons joué dans la chapelle au pied des cierges de saint François, celle que tu avais trucidée.

Une fois encore, cette pauvre doublure de moi-même, cette folle, cette échevelée, cette sourde, aveugle, fermée à tout ce qui n'était pas son gros moi poupon, cette inconsciente était tombée la tête la première, sur la moquette du corridor. Elle s'était fait mettre au tapis. Par qui ? Par moi bien sûr, par cette autre partie de moi, sagace et triomphante, par moi qui t'ai voulue, qui ai su me dégotter un spermatozoïde pour m'enfoncer avec lui dans les replis de ma douillette matrice, et tenir bon, et faire gonfler mes seins pour toi ; par moi que ta grâce de bébé, confiante et rose, toucha un dimanche matin. Moi qui m'étais engagée à ne plus jamais te frapper. Moi qui travaillais à te faire une place. Moi qui t'aimais.

La douleur et l'inconfort me permirent d'oublier momentanément le goût puissant de la communauté, l'odeur incomparable de ses iconoclastes mamelles, de ses ris et de ses jeux, de ses orgies, de ses orgasmes philosophiques, cette saveur de chair hilare, de salive, d'aisselles, de liberté, d'extase créatrice.

Je pense souvent à cette période comme au point zéro de ma vie, comme à ce milieu du chemin à partir duquel j'ai commencé, non pas à descendre en enfer, mais au contraire à m'en sortir, à remonter la pente, à me reconstruire. Au Centre, je m'étais libérée d'un bon nombre de comportements, d'habitudes et de stéréotypes, je m'étais désencroûtée. J'avais maintenant à me reconstituer.

J'ai quitté le Centre le jour de mon anniversaire. Je te l'annonçai en allant déjeuner avec toi chez Mamoushka. Nous marchions sur le chemin creux, enfoncées entre deux champs de blé mouvants et ocre. D'un ton joyeux, tu m'as demandé : « Tu vas revoir Steve ? » Et moi je me suis émerveillée de ton intuition. En effet depuis une dizaine de jours j'avais renoué avec lui et nous avions repris notre histoire d'amour là où nous l'avions arrêtée, comme on replonge dans un film après l'entracte.

Les premiers mois de ma réadaptation à la société furent difficiles. Je ne possédais plus rien à part mon blue-jean, mon tee-shirt, ma culotte et ma paire de sandales. Il me fallait d'urgence un travail. Mon séjour au Centre avait fait le vide autour de moi. Les anciens amis que je relançais me répondaient mollement. Ou poliment. Nous n'avions plus rien en commun. Pourtant je trouvai assez rapidement une place de secrétaire.

Je pouvais loger chez Steve à Morges où sa famille m'avait accueillie sans préjugés, avec chaleur et générosité. Mais j'étais obsédée par l'idée d'avoir un appartement où je pourrais t'héberger. La première évidence qu'il me fallut accepter, et à laquelle je ne m'étais pas préparée, c'est que tu n'avais aucune intention de revenir habiter avec moi ; mieux, tu refusais catégoriquement. Cependant, selon mon habitude, j'espérais t'amener à changer d'avis. Je me mis donc en chasse et finis par trouver un trois pièces tristounet, rue du Purgatoire. Le hasard aurait-il de l'humour ?

Après une année de vie et de partage intenses, j'avais de la peine à supporter les échanges superficiels, la futilité, voire l'hypocrisie propres à beaucoup de relations et je rêvais fréquemment de la communauté. Ce n'étaient pas tant les gens qui me manquaient que leur chaleur, les papouilles qu'on se faisait à tout bout de champ, le décuplement d'énergie qu'apporte un idéal commun, et puis surtout la liberté d'exprimer ses émotions. C'est ce dernier point qui me fit rencontrer Alice.

Elle était venue visiter le Centre, sa confiance en elle et la simplicité de son assurance nous avaient tous frappés. Le verbiage peu émotionnel de la plupart des visiteurs nous ennuyait et nous nous agacions de leurs effarouchements, de leurs minauderies ou de leur mégalomanie. Alice s'était imposée sans fausse pudeur, osant prendre place sur les tréteaux où se jouait notre thérapie. Et là, elle avait tranquillement raconté sa vie, sans craindre d'exprimer ni sa gêne ni les autres bouffées d'émotion que ce récit faisait naître en elle.

J'avais gardé son adresse. Elle se montra ravie que je lui téléphone et très vite nous sommes devenues amies. Nous décidâmes d'échanger nos compétences, comme on fait des échanges de massages : mes acquis en bioénergie contre la thérapie qu'elle enseignait, entre la gestalt et la sophrologie. Encouragée par elle, j'entrepris une formation.

Dès le premier cours, je fus conquise. D'abord, on se touchait. Nous étions une douzaine à former un cercle et à nous tenir par la taille ou par les épaules. Ensuite, la formatrice a demandé à chaque personne de mentionner une qualité dont elle était particulièrement fière et je me suis sentie bouleversée. Non seulement toute mon éducation avait été orientée en sens contraire, mais, au Centre, nous devions prendre conscience de notre névrose plutôt que de notre valeur. La formatrice appelait cela « validation ». Ce fut le point de départ de ma reconstruction, le ferment qui m'était nécessaire pour élaborer une nouvelle image de moi.

Pendant plusieurs années, lentement, patiemment, j'établis ainsi les bases de ma confiance en moi. Vivre m'était devenu plus facile, plus joyeux. Même s'il m'arrivait encore d'être victime de mes propres pièges, je voyais de mieux en mieux la différence entre la réalité, qui m'était bonne, et mes projections génératrices de souffrances ou de conflits et sur lesquelles je travaillais dans mes séances de thérapie.

C'est lors d'une rencontre de femmes, tenue aux Pays-Bas, que je ressentis pour la première fois, en me réveillant un matin, une sorte d'intégration physique de ma reconstruction. Les mots me paraissent bien abscons pour exprimer une expérience à la fois galvanisante et très intime. Je me souviens d'avoir senti naître en moi, avec la précision lumineuse d'une diapositive, l'image d'une petite graine verte et vivace. Elle avait surgi au milieu de moi-même et, têtue, elle s'imposait, jeune pousse verdoyante, aussi indubitablement verte qu'une feuille de salade. Je la voyais poindre en mon centre, comme une minuscule amande à la couleur délicate, comme un germe rebondi, indéniablement, irréductiblement vert, et qui s'implantait avec allégresse au cœur de ma poitrine.

Cependant, ma relation avec toi n'avait que peu évolué. Je te voyais deux fois par semaine et nous passions les vacances ensemble. Parfois tu me rendais visite chez Steve et j'admirais ta faculté d'adaptation à ce milieu marginal et gauchisant si différent du tien chez Marc. Pourtant je continuais à m'agacer de tes choix, de tes ambitions, de tes goûts de luxe, de ton côté méticuleux et organisé. Je critiquais ta façon de t'habiller, je te trouvais snob : tu ne fréquentais que des gens bien et je le déplorais. Et puis, le comble, tu t'étais inscrite au club des jeunes du parti libéral. Steve et sa famille t'aimaient beaucoup, ils appréciaient ton charme, ta vivacité, ton humour. Ça me faisait plaisir, je reconnaissais que tu n'étais pas si mal… mais j'aurais quand même voulu que tu sois autrement.
Pendant cette période, l'envie me vint souvent de tout recommencer, de te ravoir bébé, j'imaginais comment

cela aurait été si j'avais eu le temps de te désirer, le plaisir de te mettre au monde, j'éprouvais un regret mordant de ne pas t'avoir longuement allaitée, léchée, langée, pouponnée. Souvent j'en rêvais. Comme si l'amour que j'avais refoulé cherchait à se manifester quand même, à percer malgré ma carapace, à germer comme une petite graine têtue. Évidemment, il m'était plus facile de te créer en songe une meilleure enfance que de t'apprécier adolescente, car laisser mon amour s'épanouir dans la réalité impliquait que je t'accepte exactement telle que tu étais. Or cela, je refusais de le faire.

Un beau jour je me suis retrouvée enceinte, ce qui ne m'était plus jamais arrivé. Bien entendu, à quarante-cinq ans, pas question d'avoir un bébé. Logiquement, j'aurais dû être ennuyée, voire catastrophée ; or, chose étrange, j'éprouvais un profond plaisir à me sentir dans cet état. J'avais même l'impression, confusément, de l'avoir fait exprès. Avais-je été influencée par les grossesses de plusieurs femmes de mon entourage ? Par le récent accouchement d'Alice auquel j'avais assisté et qui m'avait fortement émue ? Ou s'agissait-il de ma propre naissance ? Était-ce ma propre gestation que je tentais de rejouer ? Ou n'était-ce qu'une manière d'exorciser l'ombre approchante de la ménopause ? Je savais bien qu'une partie de ma satisfaction était due au soulagement de me trouver encore féconde, de constater que je portais toujours en moi cette puissance de vie capable, après dix-huit ans d'inactivité, de me chambouler le ventre pour en faire un nid bienveillant et nourricier.

J'étais convaincue que j'attendais une fille et je lui parlais avec infiniment de tendresse, je lui disais : « Te voilà ma doucette, bonjour ma petite fille, je t'attendais, je t'aime, je ferai tout pour toi, prends tes aises ma toute belle, installe-toi en moi. » Le fait de savoir que j'allais bientôt avorter ne me gênait aucunement. Je lui disais : « Adieu ma beauté, adieu mon amour. Je ne peux pas te garder et c'est bien dommage. Du moins auras-tu été heureuse en moi pendant ton passage. Je vais devoir te renvoyer là-bas. Je ne sais pas où. Mais toi tu sais bien d'où tu viens. Ce n'est pas que je ne t'aime pas. Tu m'as été précieuse. Mais c'était juste un coup pour du beurre. »

Par moments, je me disais que j'aurais dû avoir honte vis-à-vis de toutes celles pour qui l'avortement est un acte déchirant, mais je n'arrivais pas à me sentir coupable. Je voyais clairement que mon envie de tout recommencer, en choisissant cette fois d'être une bonne mère, n'était qu'un fantasme et devait le rester. Outre les considérations pratiques telles que mon âge, celui de Steve et le fait qu'il était déjà cinq fois père, je pensais que faire un autre enfant revenait à te trahir, à te léser. Ce que j'avais gagné en connaissances, en sagesse, c'était toi qui devais en bénéficier et non un nouvel être dont tu n'avais rien à foutre.

Je commençai les démarches pour avorter. Or, après trois semaines de gestation béate, je me mis soudain à déprimer. Je voulais mourir. Je me sentais perpétuellement abandonnée, dévalorisée, jalouse du moindre pet de travers que faisait Steve ou n'importe qui d'autre. Je me voyais comme une limace sans aucune énergie. J'aurais voulu rester dans mon lit toute la journée, comme un bébé et qu'on s'occupe de moi. Ne rien faire, surtout ne rien faire.

Dans un petit coin de ma conscience l'idée persistait cependant que tout allait bien et même, tout au fond, que j'étais contente de ce qui m'arrivait. Je m'évertuais donc à me dynamiser en me répétant que ça passerait, que c'était juste dans ma tête, que mon état avait simplement ranimé de vieilles souffrances, que ça passerait, sûrement, ça passerait. Mais ces vertueux encouragements ne m'aidaient pas vraiment. J'avais multiplié mes rendez-vous de thérapie et c'est là qu'un jour je me suis retrouvée couchée en position fœtale, pleurant toutes les larmes de mon corps, puis me mettant à trembler comme jamais je n'ai tremblé, avec la sensation très précise que « on » veut me foutre dehors et que ce n'est pas le moment, que j'ai à peine commencé à prendre forme. L'idée s'impose à moi que c'est deux mois après ma conception. Je me sens secouée comme dans un rafiot et je résiste à la tourmente. Dans cette tornade je m'agrippe, je m'accroche de toutes mes forces à cette mère houleuse. Puis la tempête se calme et je vis avec quiétude le reste de mon séjour dans le ventre de ma mère.

Je ne fus pas autrement surprise de découvrir en moi ce souvenir prénatal dont, bien entendu, je tentai de vérifier l'authenticité, mais tu connais ta Mamoushka. Je l'interrogeai avec diplomatie, attentive à ne pas réveiller de culpabilité ni de justifications. Elle me répondit de façon évasive, se bornant à me répéter que j'étais sa préférée : « Heureusement, tu étais jolie. » Et moi : « Pourquoi "heureusement" ? » Et elle qui me répond : « Tu te rends compte, avoir quatre enfants ! et avec ça un seul garçon. » Puis elle a rajouté : « Je t'adorais, mais qu'est-ce que ça m'embêtait de m'occuper de toi. »

Et voilà Nathalie. Je n'affirmerai certainement pas que si je n'ai pas voulu de toi c'est que ma mère… Ni que je me suis mal occupée de toi parce que ma mère… Ni, ni, ni. Ce ne sont que des hypothèses. De plausibles hypothèses. Ce qui m'importe davantage c'est qu'après cette séance mémorable, je cessai de déprimer et j'avortai sans autre incident.

Cependant, le bonheur que je regagnais en travaillant sur moi me poussait à désirer toujours plus que tu entreprennes toi aussi une démarche pour te libérer d'un conditionnement dont j'avais été l'un des principaux agents. Mais tu affichais un manque d'intérêt pour ce genre d'exercice et même souvent un agacement devant mes tentatives d'aborder le sujet, un refus qui, après m'avoir longtemps navrée, m'obligea à remettre en question mon envie que tu changes. Je comprenais enfin que celle qui devait évoluer, c'était moi.

L'idée ne m'était pas étrangère et depuis belle lurette je savais et même je professais que « On ne peut pas changer les autres » et que « On ne peut changer que soi-même… » Pourtant il m'a fallu de longues années, tout un lent processus, une succession de transformations, parfois minimes, parfois spectaculaires, et qui pouvaient même n'avoir aucun lien avec toi, pour que je sois prête, enfin, à appliquer ce principe dans le domaine qui me tenait le plus à cœur : notre relation. J'en pris conscience un jour d'été, un matin, c'était près de Chandolin dans le Val d'Anniviers. Je marchais avec Alice dans un bois de mélèze et nous discutions des enfants et de leurs problèmes, de nos problèmes. Elle me parlait de sa fille Céline et elle se désolait de la voir si frivole, si superficielle, si avide de sorties, si dépensière, si goinfre aussi. Elle se lamentait : « Elle est déjà contaminée. Totalement victime de la société de consommation » et moi je trouvais Alice un peu sotte. Je lui disais : « Mais elle est parfaite ta Céline : elle est coquette, d'accord. Et gourmande, pourquoi pas. En fait elle est très sensuelle, et alors ? Moi je la trouve adorable. » Nous arrivions près de la lisière et nous nous sommes arrêtées sous un bouquet d'arolles. Elle me regardait, incrédule, les épaules voûtées par l'inquiétude plus que par son sac à dos. L'air sentait fort la résine. À travers les troncs, j'apercevais un pré qui descendait en pente raide et bosselée jusqu'aux toits de quelques chalets. Je pensais à toi, à comment j'aurais voulu que tu sois, et je découvrais que je n'en avais qu'une idée irréelle, inconsistante, brumeuse comme la vallée que discernais là en bas, tout au fond, baignant dans une vapeur bleutée. Ce que je savais précisément, c'est comment je ne voulais pas que tu sois. C'est-à-dire justement CE QUE TU ÉTAIS. Au moment précis où je me suis formulé cette phrase, à peu près telle que je viens de l'écrire, j'ai ressenti comme un éblouissement. Une évidence. Voilà. C'était ça. Je comprenais. Il me semblait que

j'avais reçu une secousse électrique. C'en était une et qui se passait dans mon cerveau. Une place nouvelle se faisait en moi. J'avais la sensation d'un espace plus vaste, inconnu, comme si un canal s'était ouvert à la circulation de mon énergie et de mon intérêt pour toi. Toutes mes critiques étaient sans fondement, sans réalité. Je pouvais t'accepter exactement COMME TU ÉTAIS. Je me rendais à cette évidence et, mieux, je la choisissais. Je saisissais – ou je décidais, car à cet endroit de mon être cela revenait au même – que je n'avais pas d'autre possibilité que celle de te faire confiance et que, pourtant, j'en faisais le choix, librement. C'était comme un pacte, mais voulu, délibéré, dans lequel je m'engageais tout entière.
Désormais, je n'aurais plus à tenir compte d'aucune espèce de prévention, d'aucune de ces sortes de petites phrases intérieures qui trop souvent venaient encore me parasiter l'esprit, réticences, réserves, restrictions : broutilles !
Déchets, détresses : à la poubelle.

De mon bâton, je faisais voler les aiguilles de pin. L'air sentait bon la térébenthine.

Un cortège de fourmis sinuait jusqu'au pré. Je voyais le vert intense du pâturage, avec ses touffes d'herbe plus sombre que couronnaient des galettes de bouse.

J'eus la sensation que tout le paysage s'était rapproché de moi. Je distinguais les trois mazots au bout du pré, les larges pierres plates qui en recouvraient les toits, la barrière, la fontaine en tronc d'arbre, les pentes déjà fauchées, et même, tout au fond, le calme scintillement de la rivière. Je me retournai vers Alice, il fallait que je lui explique.

Elle s'était assise par terre, préoccupée, la mine toujours soucieuse, elle s'appliquait à décortiquer un cône d'arolle, secouant par moment ses doigts tout englués de résine. Et moi : « Alice ! J'ai compris. Écoute ! Tu comprends… » Je me sentais impatiente, excitée, en proie à la même appréhension jubilante et fataliste que lorsque je vais entreprendre un vol ou une traversée : « Désormais, c'est irrévocable. »

À ce moment un pignon lui a jailli contre le nez et elle a sursauté avec un air si étonné, si vexé que je n'ai pas pu m'empêcher de rire. Elle m'a jeté son cône à la tête avec deux ou trois poignées d'aiguilles de pin. Je riais : « Attends, il faut que je te dise quelque chose ! Ça ne peut pas continuer comme ça. Écoute ! » Elle continuait à me bombarder de pignes, d'écorces, d'aiguilles, de terre, et je la laissais faire. « Arrête… Écoute : on ne peut pas vouloir qu'elles soient autrement. C'est impossible. » Elle avait ramassé une grosse pomme de pin dont elle me menaçait. « Alice ! Regarde tes doigts c'est exactement ça, regarde comme ils collent ! » Je devais avoir les yeux si exorbités qu'elle s'était immobilisée. Je criais : « Alice ! C'est comme les pignes. Une pigne, ce n'est pas une tomate ! » Tout d'un coup, elle s'esclaffa et moi je fus prise d'un fou rire. « Ça ne te plaît pas… Ouh ! ce que c'est drôle… Ça te dérange… J'en peux plus… On dirait que ça te dérange d'avoir les doigts gluants… » Nous nous tordions de rire toutes les deux, dans tous les sens, nous hoquetions, nous gémissions, elle se pliait de bas en haut et moi je me tenais le ventre. Elle brandissait ses mains comme des Morgenstern et je me roulais par terre.

Nous avons fini par nous calmer, alors je lui ai tout déroulé, tranquillement, pendant que nous mangions notre pique-nique.

Après cela Nathalie, je n'ai plus rien à te révéler, plus rien que tu ne connaisses déjà, parce qu'à partir de ce moment nos rapports sont devenus de plus en plus faciles. De temps en temps tu me faisais traverser de petites épreuves « test », mais je n'avais aucun ressentiment à devoir le faire. Cela m'amusait même.

Par exemple, quand nous sommes allés à Venise, avec ta cousine et ton chéri, attends son nom m'échappe… Dominique. Très très beau et bête comme c'est pas permis. Non, il n'était pas bête, mais je ne sais pas pourquoi, il faisait semblant. En tout cas devant moi, il ne causait que de futilités. Eh bien, ça ne me dérangeait pas.

Pourtant vous faisiez tout ce qui aurait dû m'agacer, vous ne pensiez qu'à lécher les vitrines, à commenter et à critiquer les vêtements des gens, vous aimiez les endroits chics, il te montrait comment manger les bananes avec le couteau et la fourchette. Et ça m'était bien égal. Ça m'amusait même. J'étais heureuse d'être à Venise, avec vous, et je me délectais de musique, de peinture et de lumière.

Un jour, dans la grande cuisine de Morges, nous avons évoqué le passé, Marc, notre divorce, je t'expliquais mon point de vue. Tu as parlé de ta crise d'anorexie. Tu disais que ce qui avait compté pour toi, c'était d'établir ton propre système de valeurs, ton régime. Tu me faisais voir les choses sous un autre angle, dans une logique qui ne laissait guère de place à ma culpabilité. Je n'étais d'ailleurs plus que rarement sujette à des accès de remords, d'insatisfaction ou de regrets. J'étais contente de moi, de mon sort, de mes choix, de plus en plus souvent, de plus en plus longtemps, contente de moi et contente de toi.

J'ai compris que j'avais gagné la bataille contre mes moulins dispensateurs de coulpe et de défiance le jour où tu es venue me demander conseil en matière de sexualité. Avec ton ami vous aviez des problèmes, tu n'étais pas sûre de toi. Nous en avons parlé longuement, sans réserve ni fausse pudeur, avec toute la délicatesse et la précision nécessaires.

Les années ont passé, tu es devenue une femme, tu as un travail, un appartement, et tu vis avec un homme. Lorsque nous nous voyons, j'éprouve à ta compagnie un plaisir chaque fois renouvelé. Natoushka, je n'arrive pas à écrire la fin de cette histoire. Ma plume (j'aime écrire au stylo, installée sur mon lit) ne sécrète que des clichés, et si j'essaie le clavier, ça ne va pas mieux. Le problème c'est que je voulais terminer par quelque chose de lyrique, à l'image de mes sentiments pour toi, à l'égal de notre relation telle que, toi et moi, nous l'avons forgée, facile, joyeuse, confiante, libre, profonde, amicale, bavarde, gaie, tendre, complice.

À l'époque où j'ai commencé ce récit, tu étais amoureuse de Dominique et vous projetiez de faire un enfant, c'est pourquoi j'avais imaginé une fin émouvante au possible, la naissance de votre bébé, le sang, la vie, l'amour, la boucle bouclée. Seulement voilà, vous n'êtes plus aussi sûrs de votre histoire et, bien qu'encore assez liés, vous n'avez plus aucune intention procréatrice. Du coup, mon *happy end* part à la flotte, parce qu'après plus de trente pages de sincérité, comment conclure par une affabulation, aussi classique soit-elle ? Et puis ce serait franchement de mauvais goût. Je vais donc m'en tenir aux faits, et l'espèce de drôle d'insecte bipède, quadri-ailé, à tête bicuspide qui traverse en ce moment l'océan rouge de mon couvre-lit n’est-il pas, après tout, aussi digne de mon lyrisme que notre traversée ?

Il cavale, il s’escrime, il joue des pattes, il bat des ailes, pourquoi ne s’envole-t-il pas ? Malheur : le voilà tombé derrière le *Dictionnaire des difficultés de la langue française*, où est-il passé ? Ah ! je l’ai retrouvé, il pédale bravement sur mon classeur, à la première page de cette histoire, symbole symbole... son abdomen noir, ou plutôt brun foncé, strié de fines vermiculures carmin, laisse une trace luisante, légèrement nacrée entre mes lignes, le voilà sur toi, Natoushka, il franchit ton nom avant d’entamer le deuxième paragraphe, non ça y est ! Il s’est envolé. Je n’ai plus qu’à refaire ma première page. On est bien peu de chose Natacha, Nathalie, Natoulina ! N’est-il pas vrai ?

Ta maman

DE LA MÊME AUTEURE :

Mots à Desseins, éditions Heuwinkel, 1996.
Stances pour Aphrodite, éditions Heuwinkel, 2002.
Je suis hybride, éditions du Mauconduit, 2019
La bouche d'Aphrodite, éditions Wallâda, 2024

Dépôt légal : juin 2024 - N° imprimeur : 052478647

Imprimé en France par Présence Graphique - Monts